君がくれた青空に、この声を届けたい

茉白いと

JN020521

STARTS
スターツ出版株式会社

嫌われるのが怖かった。

本当の自分をさらけ出すことで、否定されるんじゃないかと怯《おび》えていた。

だから、周りに合わせて生きていけば、集団からはみだすこともない。

嫌なことにも目をつぶって、言いたいことも我慢していれば、ひとりにならずに済んだ。

でも、嫌われてもいいことを、逃げてもいいことを知った。

私は私のままでいい。

そう教えてくれたのは、この世界でただひとり、君だけだった。

目次

君がくれた青空に、この声を届けたい

プロローグ

「ねえ、瑠奈《るな》」

スマホを右手でぎゅっと握りしめながら振り返ると、明美《あけみ》とあおいが私を見つめていた。

少し前まで向けられていた嘲笑《あざわら》うような視線は一切感じられない。それどころか、積極的にふたりが私を入れてくれる。その光景を目の当たりにして、自分の意思とは関係なく自然と口角に笑みが浮かんでいく。

「次、選択授業だから移動だよ」

あおいが言うと、明美が「行こうよ」と微笑《ほほえ》んだ。

「もうそろそろ席替えしてほしいよね」

「わかる、前回から結構経《た》ってない？」

ふたりの会話が耳に入ると、スマホが光った。

【嫌われたくないなら、適当に合わせておけばいいんですよ】

画面に表示された言葉に操られ、口が開く。私ではない私が出る瞬間だ。

〈ほんとそれ、いつまでこのままなんだろ〉

作り上げられた私が喋《しゃべ》り出す。最初こそ慣れなかったけれど、今は順応できるようになってきたと思う。

「瑠奈が近くにいたら、授業で当てられても教えてもらえるし」

〈え、ちょっと。もしかしてそれ狙い？〉

「冗談だって。ね、あおい」

「そうだよ、半分本気なだけで」

〈もう～、そうだとは思ったけど〉

「思ったんじゃん」

ふたりが笑う。それを見て、また勝手に顔が笑おうとする。

私ではないから、この掛け合いが成り立つ。

私の言葉ではないから、この場所にいられる。

安心して、不意に視線が逸《そ》れて、とある人物と目が合うと、一瞬だけ時間が止まった。

希望に満ちたこの空間を、ただひとりだけ、よしとしない人がいる。

彼に見られると、心臓がぎゅうっと絞られるような感覚を覚えてしまう。閉ざした痛みが、胸の底から這《は》い上がってきそうで、言い知れぬ不快感が広がっていった。

数人の男子生徒に囲まれながら、彼は私をじっと見つめている。見抜かれているようで、怖くなって、そっと偽りの希望に縋《すが》った。

〈明美とあおいがいてくれて本当によかった〉

そう言うと、ふたりが「大袈裟」とまんざらでもないような顔で頬を緩める。こんな顔、今までは見せてくれなかった。結果として間違ってないはず。
私はここでいい。
このままでいい。
だから、そんな目で見ないで。

第一章

「ねえ、あおい聞いてよ」

人生で失敗したことは、第一志望に落ちたことと、

「この前の彼氏との喧嘩《けんか》、男子と話さないようにするってことで決着したんだけどさ」

「うっそ、そういう約束するカップルってまだいたんだ」

「ちょっと、からかってるでしょ」

それから人間関係の構築。

ふたりの会話に入れなくなったのはいつからか。

ハッキリとした時期は覚えていないけど、ここ最近は露骨《ろこつ》になったと感じる。いつの間にか、あおいと明美だけで成り立つ会話をされたときから、私は空気のように浮いた。

「もとはといえば、明美の彼氏が悪かったよね？　浮気まがいなことしてたじゃん」

「誤解なんだって。優しいんだよね、話しかけられたら返しちゃうみたいだし」

「でも、教室にあんま来てほしくないとか言われたことない？」

「あれは、私が教室に来ると、周作《しゅうさく》の友達がからかうんだって」

たとえば、私がここからいなくなったとしても、ふたりは気にも留めないのかもしれない。

休み時間のたびに、前後で座るふたりのもとへと向かい、それからスマホをぎゅっ

と握りしめながら、ひとりではないということを周囲にアピールする。

できることなら、自分の席に座っていたい。けれど、そうすれば、おそらくふたりは確実に私を悪口の対象にするだろう。想像するだけで怖い。こうして立ってるだけというのもつらいし、私はここにいるのに、いないことにされてるのもつらいけど、それでも、嫌々ながらだったとしても、まだここに来ることで、私は私という立ち位置を守れている。

ハブられている子。そんな目で見られることはない。

——まだ、大丈夫。

まだ、まだ。

「あおいの彼氏は大人でいいな。車持ってるってだけで次元違うし」

「それ明美の彼氏に聞かれたらやばいっしょ」

盛り上がる話題についていけないのは、私がふたりの彼氏のことをあまり知らないから。断片的な情報は、こうして聞いているからなんとなくわかるけど、それ以上詳しく知らないし、明美が彼氏と喧嘩していたのも知らなかった。

話題を振られることも、視線を向けられることもないのに、意識だけはされている。

だから余計に身体が強張《こわば》り、自分の発言なんてできやしない。

十二月。教室に設置された電気ストーブは橙《だいだい》色の熱線を放出し、この時期になるとやたらとストーブの周りに人が賑《にぎ》わう。たとえば、そこに入っていけないようなタイプなのが私。

温もりを求めるよりは、周囲の視線を気にして、その温もりを眺めることに徹する。決して譲っているわけではなく、温もりを求めた背中に投げかけられる視線に耐えられないだけ。

友達ひとりいない高校に進学することになった四月は、まだ、こんなにも心まで冷えていくことはなかった。どちらかというと、やり直そうという意気込みだけはあったんだ。

彼氏の話を嬉々《きき》として語るのは橋本《はしもと》明美。高校に入ってすぐ仲良くなったのが彼女だった。

左右をお団子結びにした髪型はいつもの固定スタイルで、席が前後でも、出席番号が近かったわけでもない。ただ孤立していて、自然とひとり同士がくっついたような関係だ。

それでもうまくやれていた。話も今よりもっと盛り上がった。関係にヒビが入ったのは、丹羽《にわ》あおいが入るようになってから。

あおいが茶色く染め上げられた髪を耳にかけると、一瞬では数え切れないピアスの穴が見えた。それに倣《なら》うようにして最近は明美もピアスを開けて、お揃いだとかなんとか盛り上がっていた様子を思い出す。

最初こそは派手なグループと一緒にいたあおいも、仲間内で喧嘩をしたのかひとりでいるようになり、そうかと思えば明美と仲良くするようになった。きっかけは知らない。でも、明美があおいに声をかけるようになって、私もあおいが入ってくることに抵抗はなかった。

抵抗があったのは、あおいのほうだったと知ったのは、数日経ってからのことで、それから明美は私よりもあおいを優先して選ぶようになった。

「まあ、倦怠《けんたい》期乗り越えたから大丈夫」

「えーそういう問題かなー」

【友達　彼氏　うまくいっていない】

右手に握ったスマホの検索窓に何度も言葉を打ち直す。

そのたびに出てきたサイトを流し見し、いざ話を振られたときに間違った答えをしないよう対策する。

私は、私の言葉を一番信用していない。

答えは全てインターネットが教えてくれる。誰かの言葉が正しくて、誰かの言葉に従えば、ほとんど間違えることはない。スマホは欠かせない。こうして疎外感を知ってしまってからは、より一層、手放せなくなっている。

本当は何度も、何度も、消えたいと思うことがある。

人間関係がうまくいかないだけで、心が簡単に折れていく。

一度浮いた存在となれば、立て直すことは難しく、前のように戻れることはない。

過去の経験からそれは理解しているけど、打開策までは知らない。

だから私は、私を知る人がいないところで新しくやり直したかった。

環境が変われば、私はちゃんと友達が作れるんじゃないかと思っていたのに。

「あ、次って移動教室じゃない？」

「うわ、やばいじゃん、急ご」

ふたりがゴソゴソと教科書を取り出そうと机の中に手を突っ込んでいるのを見て、私はふたりからいったん離れた。自分の席に戻って、すでに一番上に用意してあった次の授業セットを取り出す。少しでもふたりのもとに行くのを遅らせたくて、無駄な時間稼ぎをさっきの授業後にしたけれど、あくまで二十秒程度の時間しか潰れなかった。

この休み時間、私が一度も言葉を発していないことをふたりが気付いていないわけがない。けれど話を振られることもなければ、私にアクションをするわけでもない。

ひとりにはなりたくなかった。あの子、ハブられたんだと周囲にバレたくはなかったし、一番は、自分がハブられているのだと認めたくなかった。

ひとつひとつの動作が重くなる。油断するとこぼれていく溜め息をぐっと押し込む。教科書を手にして振り返ったら、明美とあおいの姿が教室から消えていた。

私を待ってくれる人なんて、ここにはいない。

手にした教科書があまりにも重たく感じられて、抱えるように胸元に引き寄せた。

このままでは、私だけ仲間はずれにされてると周りに思われるから、急いで廊下に出ると、ふたりはぴたりと間を詰めて歩いていた。明美があおいの腕に自分の腕を絡めている。

あの場所が少し前まで私だったということを、どう受け止めたらいいか今もわからない。ネット上では、世代交代という文字だけが並んでいたのを思い出す。

【移動教室　仲間はずれ　対処法】

画面をスクロールし、自分と同じような悩みを持つ質問者を探す。

けれど対処法なんてものはない。ひとりになったほうが楽ですよ、などと求めていない答えが書かれているだけで参考にもならない。

そうできないから、こんなにも悩んでいるのに。

もうひとりにはなりたくないから、失敗したくないから、調べているのに。

質問された日付を見ると、もう何年も前のもので、この人は結局どうしたのだろうと疑問だけが残ることがある。解決したのかもしれないし、しないまま卒業したのかもしれない。

このまま卒業まで――と考えてぞっとする。

まだ二年、高校生活が残っている。クラス替えがあったとしても、もしこのまま三人一緒だったら？　バラバラになったとしても、また友達作りに失敗したら？　考えるだけで苦しくなる。

「だから待田《まちだ》はもうちょっと媚《こび》売れば最強なんだって」

実験室に入ると、数人の男子が固まって談笑しているのが見えた。その中央で、名指しされた待田紘《こう》が「うるせー」とめんどくさそうな表情を浮かべている。

猫っ毛のような柔らかい黒髪と、くっきりとした二重。整った顔立ちと、中学時代はバスケ部のエースだったことも影響し、他校からも彼を一目見ようとする熱烈なファンも多かった。高校に入ってからもバスケ部に勧誘されていたのを知っていたけど、待田くんは入らなかった。

不意に、雨に濡れたたんぽぽの写真が、頭によぎっていると。

「ねえ、紘」

待田くんに声をかけている末広《すえひろ》さんが、上目遣いで可愛《かわい》らしい声音を出す。

「今日皆でカラオケ行くんだけど、どう？」

「そうだよ、俺らも行くし、待田も来いって」

待田くんと談笑していた安西《あんざい》くんが、末広さんをちらりと一瞥《いちべつ》して、わかりやすく照れた表情を見せる。末広さんに好意を抱いているのだろうけど、彼女は待田くんを狙っているようで、なんとも複雑な糸が見えた気がした。

「いかねー」

男子からも女子からも求められているというのに、待田くんは迷うことなく断った。

「カラオケとか嫌いだし、盛り上がりたい奴らだけ集めればいいだろ」

「で、でもさ、紘も来てくれたら皆うれしいし」

「誰が?」

ああ、始まった、と思う。

待田くんのひんやりとする指摘に、さすがの末広さんも頬を痙攣《けいれん》させている。

「誰がうれしいの。俺が行かないって決めたら行かない。つうかさ」

底冷えするような眼差し。そういう目をする人。軽蔑という本音を一切隠さない人。

「知らない奴に名前呼ばれんの好きじゃない」

容赦《ようしゃ》ない一言が下されると、場は途端に凍ってしまう。今までもこういうことは何度かあったけど、そのたびにこの空気は慣れない。関係のない私まで身動きが取れなくなってしまう。

男子とはふつうに仲がいいのに、女子とは一線を引いている。特定の誰かと仲がいいということも聞かない。女子が嫌いなのか、そもそも仲良くするつもりがないのか。それでも末広さんのように、自分に自信があり、なんとか近づこうとする女子は少なくない。だから、ものの見事に玉砕《ぎょくさい》して、待田くんに敵対心を向けるようになる——という構図が完成する。

ただ、それをまったく気にも留めないのが待田くんであり、そういったところがまた一部の女子からは好感度を得ているのだから皮肉だ。

小中と、待田くんとは学校が同じだったけど、昔から彼は、他人《ひと》とどこか距離を置いていた。やたら人と群れたりしないけど、相反するように人が寄っていく。同じ人なのに、どうしてこうも違うのだろうかと思うことも多いけど、結局のところなにもわからない。

「顔はよくても、あれだけ冷たいといっそ怖いっていうか」

ひそひそと、女子グループが話しているのが聞こえた。

『顔はよくても』そんな言葉が関係のない私の耳に入るぐらいなのだから、本人には一体どれだけ無条件に届けられているのか。そしてそれを、待田くんはどう思っているのか。

三人でいることが、次第に入れてもらっているという感覚になっていた。

冬休みを控え、しばらく明美とあおいと会わなくてもよくなると思うと、心が束《つか》の間の休息を覚える。

学年が変われば、ふたりとはクラスが離れるかもしれない。けれど仮にそうなったとしても、一からまた友達を作ることができるのか不安でしかない。また同じことの繰り返しになるのではないか。やり直して失敗したのだから、次もまた同じことになるかも。

卒業までが、果てしなく遠い道のりに思えて、肺の底から息を吐き出した。自然と溜め息が出ることが増えて、止めようとするのに、またすぐに出てしまう。

【学校終わって映画　話尽きない】

放課後、解放されたように家に帰り、それからSNSのストーリーを見て絶句する。明美とあおいがふたりで遊んでいる。ぞっとしたのは〝話尽きない〟の一言。私の話をしているのだろうか。悪口だったらどうしよう、笑われているのかもしれないと思うと怖い。

細切れになった投稿。点線になったふたりだけの空間。ここに私はいない。いらない、と判断されていることがたまらなく胸を抉《えぐ》って痛い。

明美の投稿の閲覧者に自分のアカウントが載れば、またふたりの格好の餌食《えじき》になるのだろう。見なければよかったという後悔が今さら襲ってくる。私への当てつけのように思えて、でもそうじゃないかもしれない、なんて馬鹿みたいにぐるぐると考えて闇へと落ちていく。

どうして三人ではうまくいかないのか。

どうしてひとりは犠牲になるのか。

どうして私だったのか。

【友達　三人】と検索窓に打ち込めば、すぐに【友達　三人　仲間はずれ】と候補に出てきた。自分に対してだけ態度が変わる友人にモヤモヤするという文字を見て、私だ、と共感してしまう。

明美はまだしも、あおいは私への嫌悪感を隠そうとはしない。視線も合わせないし、会話を振ることも絶対にない。関係がここまで悪化する前は、まだ一言、二言、会話はしていたけど、だんだん私が話し始めると、あおいはスマホを見たり、その場からいなくなったりしていた。

気のせいかも、考えすぎかも、と思っていたのが、次第に確信へと変わっていった。私が話さなければ、あおいはいなくならない。そのことがわかってから、話すのをやめた。私のなにがいけなかったのか、そんなことを聞く勇気なんてなかった。

あおいのことが怖いと思ってしまうし、そんな私をあおいは余計に嫌っている。

そのうち学校でひとりぼっちになるんじゃないかという不安が常につきまとう。

【明日が来るのが怖い】

検索エンジンに打ち込んだものの、誰かの言葉を見る活力がなく、そのまま画面を閉じた。

「……学校なんてなくなればいいのに」

目覚めてからすぐに、どうしようもなく憂鬱《ゆううつ》に駆《か》られた。

朝が来てしまった。寝なければ朝は来ないんじゃないかと夢を見るのに、時間が過ぎていくたびに怖くてたまらない。

アラームが鳴るよりも先に目を覚まし、すぐさまSNSをチェックする。

あれから明美とあおいが投稿した様子はなく、不安要素がないかだけを確認してスマホから手を離した。

明日が来なければいいのにと願ったところで、朝は無条件にやってきては私を現実という奈落《ならく》の底へと突き落としていく。

行きたくない。でも、行かなければならない。

「瑠奈、起きてるの？」

ノックと同時に部屋の扉が開くと、お母さんが私を見てわずかに目を見開いた。

「なによ、起きてるじゃない。さっきから何度も呼んでるのに」

「……ボーッとしてて」

なんとか声を絞り出すが、頭の中では別のことばかり考える。

『学校、休んだらダメかな』

『学校に行きたくないの』

『友達とうまくいってなくて』

そんな言葉ばかりが口をついて出そうになり、それをぎゅっと押し殺す。

言えない。言えるわけがない。

「ねえ、瑠奈」

「……っ」

とても落ち着いた、けれども棘《とげ》が含まれたような声で、お母さんが私を呼ぶ。

「最近、ちゃんと勉強はしてるの？」

私への不信感というものが、お母さんの視線や声から伝わってくる。

第一志望に受からなかった娘。親を裏切った娘。言葉にはされなくても、なにを思われているのか痛いほど伝わっていた。

「この前のテスト、八十点って高坂先生に聞いたわよ」

背筋が一気に凍っていく。

この前の中間テストはまだ返ってきていない。もちろん、私でさえも結果は知らされていないのに、どうしてお母さんが知っているのだろう。

「ねえ、八十ってなんなの？　本気で勉強した？」

骨にミシミシと伝わってくるような非難の声に視線が落ちる。

そうか、私は八十点だったのか。返される前に、まさかこんな形で知ってしまうなんて。

「……電話、したの？　学校に」

「もう結果が出てるでしょうから、先に教えてもらったのよ。そしたら、まさかそんな点数なんて。あなた、絶対お母さんに見せなかったでしょう」

九十五点以上でなければ、それは赤点と同じ、と。

「あの高校で恥ずかしくないの？　手を抜いているなら真剣に取り組みなさい」

物心ついたときから褒めてもらった記憶はなく、いつも上を目指すことばかりを強要された。

中学時代、作文で最優秀賞をもらったことがあった。

さすがにこれは褒めてもらえるのではないかと期待に胸を膨らませて帰った私に、
お母さんはひどく落胆した顔で、

『どうして勉強もこれだけできないのかしらね』

と嘲笑うようにして呆《あき》れていた。

『こんなものを見せられてどんな顔をすればいいのよ』という本音が透けて見えて、最優秀賞の作品が途端に疎《うと》ましく思えた。お母さんにとって喜ばしいものではなかったことがショックだった。

「授業についていけてないならまた塾に通いなさい。高校受験が終わってさっさとやめたでしょう。だからお母さんは続けなさいって言ったのよ」

言ってない。お母さんは『塾代が馬鹿にならないからこれで楽になった』と言っていた。けれどすぐに自分の都合のいいように記憶が改ざんされ、私が悪かったことにされる。

「あのね、あなたがちゃんとしてたらいいのよ。お母さんだって朝から言いたくないの」

お母さんは怒るとき、決まって私を〝あなた〟という表現に変える。

意識的なのか、無意識なのか、そんなのはどうだっていい。あなたと呼ばれることは、明確に線引きをされているようで、嫌で、心がざわっとする。

「勉強ぐらいはちゃんとやってほしいっていうお母さんの気持ち、あなたには伝わってないの？」

「……ごめんなさい」

「あのね、謝ったところで次も同じだったら意味がないんだから。補習は？　あるんでしょう？」

「赤点取った人なら……」

「じゃあ、あなたも入れてもらいなさい」

「え……」

「補習で一から勉強したら？　塾にも行かないならせめて学校では勉強しなさいよ。なんのために高校通わせてると思ってるの？」

「……でも、赤点じゃないから、入れないと思う」

「こんなもの赤点と同じでしょう。別の子がどうとか言ってるんじゃないの。基礎とかやり直せるんじゃない？　だったらそのほうが今後のためよ」

今後のため。私のことを思って言っている。

それはわかってる。わかっていたつもりだ。

でも、心の奥底で受け入れられないでいる。

「あなたじゃ信用ならないから、お母さん、先生に伝えときます」

「ちょっ……」

「ほら、やっぱり補習受ける気なかったんでしょう」

そうじゃない。

そうじゃないのに、どうしてお母さんは私が言いたいことを聞いてはくれないのだろう。

「お母さんはあなたのためを思って言っているの。今はわからないかもしれないけど、あとになって絶対お母さんに感謝するんだから」

やっぱり私のためだ。ほら、わかってるんだよ、ちゃんとわかってるのに。

どうしたって苦しい。私になにも聞かないで、一方的に責められるのはいつものこと。こんな状態で『学校に行きたくない』なんて言ったところで、聞き入れてもらえるはずがない。お母さんは、私がいい成績を取るかどうかを気にしているだけで、あとのことなんてどうだっていい。私がどんな気持ちであの学校にいるかなんて、お母さんからしてみれば関係のないこと。

「聞いてるの？」

怒りのような声音が落とされる。

お父さんが出張で家を空けるようになってから、よりお母さんは私にきつくなった。

拳《こぶし》を強く握ると、爪が食い込んだ。それを、もっと食い込ませるように、痛みを痛みだと感じられるぐらいに、力を入れる。でも、痛みはない。こんなことでは痛くならない。

「……うん」

受け入れれば、お母さんの負の感情は静かになっていくことを知っている。

諦《あきら》める、が正しい。

何事も、諦めていけばいい。

自分の意見なんて隠しておけばいい。そうしたら、物事はうまくいく。

本音なんて必要ない。

「さ、早くご飯食べちゃいなさい。遅刻するよ」

お母さんが一階に下りていく。

手のひらを見ると、爪痕《つめあと》がしっかりと刻まれていて、こうして見えない場所ばかりに傷は増えていくのだろうなと、ぽっかりと空いた心で思っていた。

薄緑色の廊下を歩きながら、何十人という生徒に抜かされていく。

昇降口で校内用スリッパに履き替えたはいいものの、教室に行く足取りが重く、なんとか足を機械的に動かしながら無駄な抵抗を続けていた。

けれど、足掻《あが》いたところで教室には一歩一歩近づいている。

「ねえ、昨日のバイトでさぁ」

「朝練くったくた。五時半起きとか早すぎるよ」

「お前、金城《きんじょう》高校って女子校じゃねぇか。あそこ顔面のレベル高いだろ」

それぞれが、思い思いに会話の花を咲かせ、そうした空間にいることを許されている。

けれど私は？

どこにも居場所がない。自分が話したい話題を口にもできない。だからといってなにを話したいのかなんて自分でもわからない。

時間を稼ぐように、自販機でフルーツオレを買う。落ちてきたそれは、ひんやりと冷たい。私の心みたいだ、と思いながら、視線を足元に固定してまた歩く。廊下の薄緑色の床から、教室の飴《あめ》色の床へと変わった。漏れていく溜め息は、肺を軽くしているはずなのに、またずどんと重たく体内へとのしかかる。

「瑠奈、おはよ」

ふと、明美の声が聞こえて顔を上げた。

「あ……おはよ」

声に緊張が滲《にじ》んだ。いつもなら、すでにあおいとふたりで談笑しているというのに、今日は明美ひとりだった。挨拶だって私からするのに珍しい。

「今日あおい休みなんだって」

「……そうなんだ」

だからか、と納得する。

あおいがいれば、明美は決して私に話しかけようとはしない。空席となったあおいの席へと視線が流れる。

あおいが平気で休めることがうらやましかった。不安に襲われない日々とは、どんなに幸福だろう。起き上がるだけで身体は悲鳴をあげていたというのに、制服に着替え、這いつくばりたい衝動と戦いながらここまでやってきた私とは大違いだ。

あおいはいい。学校を休むという選択肢が簡単に選べて。

自分の居場所が脅かされないで。

「でも瑠奈は休みじゃなくてよかった」

そのよかったは、ぼっちにならなくてよかった、という意味だろう。

三人一組という奇数グループはなにかと不便なことも多く、二対一で行動しなければならないときは、決まって私が外される。

最初こそ、申し訳なさそうに『ごめんね』と謝ってくれていたし、仕方がないと割り切るほかなかった。

いつの間にか、それが定着するようになった。

ふたりで行動しなければならないときは私がほかの誰かと組む。それが習慣となり、今では、ふたりに入れてもらっているという感覚へと変化していった。

「あおいが休みとか、学校つまらなすぎる。だるくない？」

これ見よがしにあおいの名前を出され、まるで私といることを疎ましく思っているように聞こえた。

「瑠奈って来年は普通科だっけ？」

「……うん、そのつもり、かな」

「だよねえ。私まだ迷ってて——」

あおいの席に座るよう促され、質問を投げかけられる。普段はありえないことが、あおいが休みというイレギュラーで発生する。

これは今だけ。長くは続かない。

履き違えないようにしなければ。私は利用されているだけだと自分に言い聞かす。

それなのに、安心が明らかに勝っていく。仲間はずれにされないことと、あおいを気にしなくてもいい安堵《あんど》感が両端からじわじわと染みてくる。

【都合いいと思います。いつもの友達が休みだからって、私にベタベタしてくるなんてありえない。でも、うれしいと思ってしまう私はおかしいですか？】

自分の席に着いて【三人グループ　ひとり休み】と検索すれば、今の自分にドンピシャな思いが言語化されて載っていた。

利用されていると感じながらも、理不尽さを得ながらも、それでもいいと片付けてしまう。ひとりになるよりよっぽどマシで、可能ならずっとこの時間が続いてくれたらいいのにと思ってしまう。

「ねえ、瑠奈って何点だった？」

一限目を終え、明美の席へと向かえば、さっき返された中間テストを丸めていた。

私は数学も現国もどちらも本当に八十点で、お母さんが学校に電話したというのが嘘《うそ》ではなかったことを突きつけられたような気分だった。

自分の答案用紙を思い浮かべ、口にはしたくなかったが正直に話すことにした。

「あー……八十ぐらい、かな」

「やっぱりね。うち四十一」

四十点以下だと補習組として明日から放課後は残らなければいけない。明美が所属するテニス部は成績に対して厳しく、赤点を取ればしばらく部活には参加させてもらえないのだという。だから明美はいつもギリギリのところで補習を免れていた。

「補習じゃないだけすごいよ」

「いや、ギリだもん。あと一問外してたら終わってた。ついてけないもん」

自虐《じぎゃく》されると、どう返したらいいのか困ってしまう。

前まではどう会話をしていたっけ。明美とまだ仲良かったころは笑って返せていたはずなのに。ふつうの会話でさえもうできなくなっている。

スマホを取り出して【友達　自虐　反応】と検索窓に打ち込んでいる想像をしなが

ら、「やばくないよ」とだけなんとか言葉を引っ張り出してくる。

「大事なのは期末だから。それまでに適当に勉強したらいいんだよ」

「あーいいよね、瑠奈って。頭いいからそんなこと言えるんだよ。適当に勉強とか無理。部活とかやってると時間奪われるし」

『え、今、先生に聞きに行ったの？』

入学してすぐのころ、授業でわからないところがあり、授業後先生に聞きに行ったことがある。それを見た明美に、理解できないと言わんばかりの顔をされたことが瞬時に蘇《よみがえ》る。

——わからないところをわざわざ聞きに行くとか真面目すぎない？

そう思われているような気がして、勉強することをどこか咎められている気分だった。

だからわからないことがあってもわざわざ聞かないことが増え、テスト期間中は休み時間であっても勉強にあてたかったけど、教科書もノートも机の中にしまったままにした。

そうやって、少しずつ明美と一緒にいるための自分というものを作り上げたのに、小さいけれど私にとって大事なものだったものを捨ててきたのに、それは結局無駄になっている。

その結果、テストの点数は下がり、明美たちとの間で浮くことはなくなったが、お母さんの機嫌は損ねてしまった。

「テストより部活のほうが大事だし」

明美が指の腹で睫毛を下から持ち上げる仕草を見せる。一本一本にマスカラがつけられるようになったのはごく最近で、これもあおいの影響だ。校則でメイクは禁止なのに、明美はどんどん変わっていく。『部活が厳しくて、先輩にも目をつけられるから』と言っていた明美はどこにもいない。

メイクもピアスも顧問になにも言われないのかな、と思うけど、そういった質問を軽々しくしないようにした。私の発言で、あとあと、あおいと笑われたりしたらと考えると、口を閉ざすのが正解に思える。

今のだって、私が帰宅部だから、自分は不利だと遠回しに言われているようでとっさに返せなくなる。前はこんな言い方をしなかったのにな、と過去に思いを馳せながら曖昧《あいまい》な笑みが消えていく。

「こっちは勉強どころじゃないっていうのに」

言いたいことがあっても自分の考えがまず合っているのか確認したくなる。ネットで検索し、誰かの言葉で答え合わせをし、今度はその言葉通りに言動をなぞる。

「頭いいって便利だよね」

「……んー、どうだろう」

苦笑が乾いていく。

果たして今の私はちゃんと正しく返せているのだろうか。

自分の言葉だけしか話せないというのはあまりにも不安で、時間を巻き戻したくなる。そうじゃないと、いつも私は、あとになってから後悔ばかりする。

あのとき、こう返せばよかったとか。

あんな言い方をして不快にさせてないだろうかとか。

ひとりで延々と悩み、落ち込み、そしてまた同じことを繰り返してしまう。

「瑠奈、一緒に自販機ついてきてくれない？」

「あ……うん、私もちょうど行きたかったんだ」

本当は、行かなくてもよかった。今朝買ったフルーツオレのペットボトルがまだ残っていたから。

でも、自分よりも人に合わせることがまず第一優先となる。合わせることが楽で、逆らうことを恐れる。

廊下に出て、一番近くの自販機までふたりして歩く。腕には明美の手が絡んでいた。

久しぶりすぎて、歩き方がぎこちなくなった。

明美の手が小銭を取り出し、自販機のボタンを押した。がこん、と紙パックが落下した音がする。

「やっぱこれが一番おいしい」

「明美は本当にイチゴオレ好きだよね」

「なくなったら生きてけないかも」

そう言って笑う明美に、前まではこの風景が当たり前だったなと思い出す。

あおいがいなくてつまらないと言いながらも、私といることで安心感を覚えているのはなんとなく察していた。ひとりにならないで済んだ。だから少し前までの優しい明美に戻ったみたいでうれしくなる。

「──明美」

なんて、結局は後悔することになるのに。

廊下の先で、スカートを短くはいたあおいの姿が見えて、現実に戻される。

「あおいじゃん！　え、休みじゃなかったの？」

私の腕にまわされていた明美の手がするりと抜けていき、その背中は遠くなる。

「休もうかと思ったけど、暇だしやめた」

「それなら連絡してよ。ちょー寂しかったんだから」

「やっぱり？　絶対そうだと思った」

「昨日の駅前のフルーツ大福のことも話したかったんだよ、休みだったじゃん？　あそこもうすぐ閉店するらしくてさ」

「マジで？　なんだ定休日じゃないじゃん」

ふたりにしかわからない世界がものすごい速度で構成されていく。

明美の隣にいた私は見事に置いていかれ、歩き出したふたりについていく定位置へと収まった。

ほら、やっぱりそうだ。こうなるって、ちゃんとわかってたつもりだったのに。

さっきまで感じていたうれしさが粉砕し、残ったのはうれしかったという欠片《かけら》だけ。

あおいが来てしまったら、もう私は用済みで、必要とされない。明美が優しくしてくれるのは、あおいがいないときだけ。それ以外で私に優しくする必要なんてない。

なのに、うれしいなんて思ったりして、私はまた同じ過ちを繰り返し、ひとりでボロボロになる。

ふたりに遅れて教室に入ると、クラスメイトの女子たちと目が合った。彼女たちはやば、と含み笑いをし視線を交わす。ハブられていることを察したのかと思うと、途端に顔が熱く火照《ほて》る。

ひとりでいるから笑われてしまう。ひとりでいるから悪だと決めつけられてしまう。

多数決と同じだ。

少数であればあるほど共感はされなくて、好きで選んだわけでもないのに、追いやられた側の人間は、小さく縮こまっていることしか許されない。

ひとりが平気な人っていない。でもひとりになってしまったのなら、平気なフリをしていないと、それこそまた笑われてしまう。

こんなとき、空気のように周囲は扱ってくれない。まるで浮き彫りになったそれを、棒のようなもので突っつくみたいにいじってからかう。

本当に、消えてしまいたい。

「――奥平《おくひら》」

暖かい教室の中でひとり凍えそうになっていると、よく通る声で名前を呼ばれる。

顔を上げれば、待田くんが力強い瞳で私を見ていた。特別仲がいいわけでもない。けれどごくたまに、思い出したみたいなニュアンスで彼は私に話を振る。

「先週の木曜日、女子の体育ってなんだった？」

くすくす笑いが消えた代わりに、視線が一斉にこちらへ集まっている気がした。

どうして私に聞くの。

こんなタイミングで、と泣きそうになりながら待田くんから視線を逸らす。

待田くんは女子を嫌う。

でも、小学校から一緒だった私のことは女子としては見ていないようだった。

「……えっと」

気付かないで。私が仲間はずれにされてるなんて。

「この前日直だったけど、日誌書き忘れたから。高坂が今になって書けって」

「あ、そうなんだ……先週は……」

できる限り穏便《おんびん》に、周囲の目を気にしながら言葉を慎重に選ぶ。

【男子との話し方　緊張】

頭の中で浮かぶ、検索候補。

けれどスマホで検索している暇もなく、求められているものを答えようと焦りを覚えた。

「……先週は、バドミントンじゃなかったかな」

「そ」

なんとか答えることができたものの、なぜ私に聞いてきたのかは聞けず、そうこうしている間にも待田くんは日誌との格闘を続けていた。

『なにしてんだよ！』

ふと、今より幼い待田くんの声が鼓膜を震わせた。

あのとき、私は泣いていた。でも、なんで泣いていたのだろうか。

「もう休むなら早く言って。うちも休むから」

明美の言葉に、過去から現実へと引き戻される。

「それ、あたしのせいで休むってことでしょ？　後味悪いわ」

「一緒にサボろうよ」

「それもそれで楽しいけど」

明美がまるで水を得た魚のようにはしゃぐ。

あおいと話しているときのほうが、わかりやすく楽しそうで、それをまざまざと見せつけられて苦しくなる。休むならうちも休む、なんて。それこそ私はどうしたらいいのだろう。そうなったら、やっぱり私だけは学校に来るのだろうか。

腕にはまだ明美の体温が残っている気がして、早く忘れてしまいたかった。

「奥平、ちょっと残ってくれ」

六限目の数学が終わってすぐに、高坂先生が廊下から私の名前を呼んだ。

ついに、来た。

今日何度も覚悟をしながら、それはどのタイミングでやってくるのだろうかと怯えていたけれど、まさか最後の最後に残されていたとは。

「電話があってな、お母さんから」

「……はい」

私だけ呼ばれたことに、明美とあおいは口元をきゅっと上げ笑い合っている。

そんな目で私のことを見ないでほしい。

「職員室で話すか」

その状況に気付いたのか、それともただ気を遣ってもらったのか、高坂先生の提案で教室から離れることはできた。

職員室に行き、高坂先生のデスクに着くと、その隣に椅子を用意された。

「補習のこと、お母さんと話したんだってな」

やっぱりそうだと確信した。お母さんは本当に、電話したのだと。

そして、その真意を今、問われようとしている。

「奥平を補習に入れてほしい、本人も納得してる——それは本当か？」

「……はい」

「でも奥平は補習を受ける必要がないだろう」

そうだと思います、とも、そうは思いません、とも、どちらも言えない。

お母さんが学校に電話した。私のことを補習のグループに入れろと頼んだ。ならそれが結果で、私の意思は関係ない。

「どうしても入りたいなら補習のメンバーに入れるが」

「……そうしてください」

「奥平、このことについてきちんと考えたのか」

「えっ……」

「言われるがままじゃないのか。たしかに、親が言ってる通りにするのが楽ってのもわかるけどな、そうするとこれからが大変だぞ」

違う。私は楽な道を選んだわけじゃない。決してなにも考えず、言われるがまま行動してるわけじゃない。

そうしないと、よりお母さんの機嫌が悪くなるから。だから選んだこと。

「主張がないっていうのは、よく言えば聞き分けがいいんだろうが、悪く言えば能がないと見なされるんだよ。社会に出てみろ、指示待ち人間だとか言われるんだぞ。嫌だろう、そんなの」

「……それは」

「奥平はまだわからないかもしれないが、今だけだぞ、こんなこと許されるの」

許されている？

私のどこが許されているの？

自分で希望したわけでもない補習を受けるために、どうして先生からこんなことを言われなければならないのだろう。

「親に反発ぐらいしてみたらどうだ。先生が言うのもおかしいかもしれんが、八十点で補習なんて、ほかの奴らかしたら嫌みにしか聞こえないぞ」

ぎゅっと手を丸める。爪を食い込ませても痛くないのに、爪痕だけはきちんと残る。

嫌みだと思われることぐらいわかってる。だから、明美に点数を聞かれたとき、八十点と答えるのにためらいがあった。

いい点数を取れば取るほど、ここでは居場所がなくなっていくようで、だからといって学校か家かを選べるわけでもなくて、ずっと行き止まりの迷路を彷徨《さまよ》っているのに。

「どうせ親子喧嘩だろ？」

「…………」

「あ、どうせって言い方はよくないな。まあ、別に反発することを推奨してるわけじゃない。ただ、楽なほうばっか選んでると、大人になったときが大変だって話をしてるんだ」

お母さんも先生も、先のことばかり見て、どうして今の私を見てくれないのだろう。大人になったときだけが大事で、今はどうだっていいの？

「まあ、補習のメンバーに入れとく。とりあえず受けたいものを受けなさい。これ、補習案内のプリントな」

「……はい」

「それと、丹羽とは話が合うのか？」

「え……」

どうして、今、あおいの話になったのだろう。

「丹羽は派手だろう。もといたグループとも喧嘩別れしたみたいだし。気が強いから奥平も我慢してることあるんじゃないか？」

「……ないです、なにも、我慢なんて」

スカートの上でぎゅっと拳を作りながら、先生が気にしていたのって、補習のことじゃなくて、こっちのことだったんじゃないか、と思った。だからわざわざ職員室に私を呼んだ。

あのふたりがいるところでは話せないから。

先生には、私がどう映っているのだろう。気弱で、自分がなく、振り回されてばかりいるような子。私の評価とはそんなものだろうか。

自分の意見すらもきちんと言えない。だから心配をしてくれているのだろう。

【担任　友人関係　相談】

また、頭に浮かぶ。

先生に相談したところで、どんな答えを返されるのか。そして、明美とあおいにはどんな形で知られてしまうのか。

不安をかき消すように、ぶんぶんと首を振り否定した。

「そうかそうか」とうなずく。


「ふつうに、仲いいです」

この答えがきっと正しい。これ以外の回答など求められていない。

「まあ、丹羽はともかく、橋本とはずっと仲いいよな」

固定するように、この話し合いではそうでしたと裏付けるように、高坂先生は「そうかそうか」とうなずく。

「じゃあ大丈夫そうだな」

「……はい、大丈夫です」

「なにかあれば相談しろよ」

大きな黒い塊《かたまり》が、どしんと心の奥底に沈んでいく。

【担任　目をつけられている　いじめ】

浮かび上がった検索言葉を塗りつぶす。

いじめられてるわけじゃない。

私は、いじめられてはいない。

ただ、うまくいかなくなってるだけ。

肯定するように笑みを作る。おそらく引きつっているのだろうが、高坂先生はそのことに気付かないまま話を切り上げた。

職員室を出てから、魂が抜けるような溜め息が落ちていった。

【人間関係　うまくいく方法】
今まで何度、この言葉で検索してきただろう。そのたびに実践できそうなことはしてきたのに、結局なにも変わらなかった。

「いや、ほんとだって！　瑠奈とふたりとかちょー気まずかったんだから」

教室に戻りかけると、ひときわ大きな明美の声が廊下にまで響いてきた。

「とか言って、腕組んでたじゃん」

「ああやってしとかないと、いじめてるとか思われそうじゃん？」

「はは、性格わる」

「そんなこと言って、あおいは瑠奈と全然話さないよね」

「私は仲良くする気ないから放ってるだけ。だって勝手についてくるんだもん」

不意打ちでくらわされた攻撃は、容赦なく鼓膜と神経を抉り、現実という痛みを突きつける。さっきまで、大丈夫と自分にかけていた暗示がいとも簡単にはがれ落ちていく。

「瑠奈ってなに考えてるかわかんないし」

「地味に怖いよね。あたしらのこと恨んでるんじゃない？」

「えーやだぁ」

私という存在が、ふたりの会話を盛り上がらせるために都合よく使われていく。悪口を言われているかもしれない、とは思っていた。けれど認めたくなかった。だからだろうか、今、こんなにも受け止めきれないのは。

息が吸えない。せり上がってくる恐怖に呑み込まれてしまいそうで、足が竦《すく》む。立ち去りたい。ここから逃げて、聞かなかったことにしたい。なかったことにして、また明日からやり直したい。けれど根が生えたように足が動かない。

塞《ふさ》いでしまいたい耳には、どうして瞼《まぶた》のように蓋《ふた》がないのだろう。見たくないものを見ないようにすることは許されるのに、聞きたくないことを聞かないようにすることは許されない。

「ってか、あれってスマホ依存症でしょ」

「わかる！　ずっとスマホ見てるよね」

「この前とかさ、話したい内容、多分検索してたんだよ」

「うそ、自分の言葉で話せないってこと？」

「やばくない？　話せたとしてもネットの言葉だよ」

「そもそも、会話の内容を検索するとか無理なんだけど」

は、は、は、と呼吸が乱れていく。

なりたくてなったわけではない。けれどふたりに合わせるには、そうするしかなかっただけで。依存してしまうほど、スマホに頼ってしまいたくなんてなかった。

【友達に悪口を言われている】

【友達　関係性　悪化】

【友達　友達　友達　友達　友達　友達――】

「奥平？」

頭の中の検索が途絶えた。

霞《かす》む視界の中で待田くんの姿が視界に映る。

教室の中から明美の声が聞こえ、頭の中がパニックになる。

「えっ、瑠奈？」

どうしよう、なにか言わなきゃ。

バタバタと足音が聞こえ、それから明美とあおいが扉付近へと走ってくる。

「え、ちょ、瑠奈じゃん」

まずいって、と明美があおいへと視線を送るが、あおいはじっと私を見ているだけ。

ここにいたことを知られてしまった。聞いてしまったのは私だけど、それをふたりから責められている気がして余計に頭の中がパニックになる。

なにか言わないと、なにか。

そうじゃないと、本当に私は明日からひとりになる。孤独になる。

ハブられた可哀想な人として見られ、そして空気のように扱われていく。

嫌だ、嫌だ、嫌だ。

「あ、……あ、」

待田くんの視線も、明美とあおいの視線も痛い。

こんなとき、どうすれば正解なの。どうしたらなかったことにできるの。

手元のスマホをぎゅっと握る。調べたい。誰かの言葉で回避したい。

「え……」

ふと、スマホの画面が光っているのが見えた。

【友達に悪口を言われていたら、いっそ笑い飛ばして同感しちゃったらどうですか？向こうもびっくりしてなにも言えなくなりますよ】

……なに、このページ。

こんなの検索してない。

スマホが独りでに、意思を持ったかのように動いていた。

なんで、なにが起こってるの。

比例するように、声が思うように出なくなっていく。ぎゅっと絞られているようで、とっさに自分の喉へと手を当てる。

声が、出ない。

それから、自分の言葉がまるで黒く塗りつぶされていく感覚を覚える。

【友達　悪口　言い返す方法】

勝手に検索エンジンに言葉が入力されて、そうかと思えば解決策が載っているページが次々と表示された。

「な、んで……」

急速に変化していくスマホの画面。追いついていけない。怖くて投げ出したいのに、目が離せない。どうしよう、どうしたらいいの。

「ね、ねえ、瑠奈」

〈──そうだったんだ〉

誰かが喋った。

明美でも、あおいでも、待田くんでもない。

〈なんだ、そうならそうと言ってくれたらよかったのに〉

誰、誰が喋ってるの。

なんでみんな、私を見ているの。

〈鈍感だから気付けないいんだよね〉

ねえ、なんで。

私、おかしい？

なんでそんな顔で私を見ているの――？

「……瑠奈、そんなキャラだっけ」

あおいが、怪訝《けげん》そうに私を見つめている。初めて、あおいから話を振られたけれど、どうして今になってキャラを問われているのだろう。

〈やだな、キャラとか自分じゃわかんないよ。ってか、なんか盗み聞きしたみたいでごめんね〉

するすると、口が動いていることに気付いたのは、このときだった。

私が、喋ってる。

私の意思とは関係なく、自然と言葉が出てくる。こんなの、私じゃない。私、こんなこと言わない。

【悪口言われたら、大丈夫？って返してやったらいいっすよ】

〈ってか、大丈夫？〉

スマホに表示された解決策をなぞっている。

それってまさか、スマホの指示通りに動かされてるってこと？

なに、これ。どうしちゃったの、私。

三人からの視線が怖い。驚いたような、信じられないような、怪奇現象に見舞われたような顔で私を見ている。

〈そんな見ないでよ。私おかしい？〉

思ってもいないことが、私という皮を被って放たれていく。そこに私の意思はない。

一体なにが起こっているというの。

待田くんと目が合うと、彼は眉間に皺《しわ》を寄せて私を見つめていた。

第二章

がばっと勢いよく起きれば、代わり映えしない自分の部屋が見えた。

壁にかけられた制服を見て、悪い夢を見ていたような気分を思い出す。

あれは一体……。

「瑠奈〜！」

お母さんが階段下から呼んでいる。声を出そうとして、違和感を覚えた。

声が、出ない。

まるであの悪夢が続いているような——。

はっとして、枕横にあったスマホを手に取る。顔認証で開いたスマホ。適当なアプリをタップしようとしたけれど、指が固まったように動かない。夢じゃない。

ぎゅっと目をつむって、言葉を吐き出そうと集中すればするほど、自分が暗い海へと呑まれてしまうような感覚を覚えて、すぐに引き返す。

スマホを置いて、部屋にある全身鏡の前に立つ。

肩までかかるぐらいの髪と、目の上で切り揃えた前髪。見た目はなにも変わらないのに、言い知れぬ現象が私の内部で起こっている。

私の頭の中がおかしくなった？

「瑠奈、返事ぐらいしなさい」

ノックもなしに、お母さんが部屋に入ってくる。

「なによ、具合悪いの？」

と聞かれ、口を開く。けれど声が出ない。

「瑠奈？」

――お母さん、私おかしいの。言葉が出てこないの。

それを伝える手段がどこにもない。

すかさずベッドの上に置いたスマホを取る。

〈――ごめん、まだ寝ぼけてて〉

まるで言葉を司る機能が、脳からスマホに移動したみたいだった。

これがないと私はまともに喋ることすらできない。しかもその言葉は、私の意思とは関係なく勝手に出ていく。

「なにしてるのよ、そんなんだとちゃんと勉強できないわよ」

〈うん〉

「ほら、早く準備して」

お母さんが階段を下りていく音を聞きながら、独りでに光を放つ液晶に視線を落とす。

【親とうまくやる方法】

打った覚えのない言葉が並び、その結果として【うまく聞き流す】といったアドバイスが表示されている。

やっぱりそうだ。

私自身が話せなくなったことで、スマホが私の思考を読み取り、勝手に検索をかけるようになっていた。そして検索されて弾き出された内容でしか私は返事ができない。

「瑠奈、早く!」

お母さんの怒ったような声が下から届き、部屋を出た。


「あ」

昇降口でローファーを脱いでいると、登校したばかりの明美と鉢合わせた。

昨日のこともあり、どんな顔をして会えばいいのかわからなかったが——。

〈おはよ〉

元気よく挨拶した私の顔は、おそらくとびっきりの笑みまで添えている。もちろん、右手のスマホにはそういった内容の文章が表示されているはずだ。私はテンプレートの型を沿うように演じているだけ。頭の中は相変わらず真っ暗でなにも見えない。

「……おはよ」

ぎこちなく笑った明美は、多少なりとも昨日の一件を気にしているように見えた。

「ね、ねえ瑠奈。昨日のあれって……」

「おはよ」

明美の発言を遮断するように、あおいが到着した。

驚いたのは、それが明美だけではなく、私にも向けられた挨拶だったということ。

〈おはよ、三人が揃うなんて珍しいね〉

「たしかにね。ってか、今日の体育だるくない？」

私の発言を、あおいが拾ったのは意外だった。

昨日、あの場で私は逃げるように誰よりも早く学校を出た。自分の言葉で喋れないことに動揺をしていたし、うまくやりきれる自信がなかった。

残された明美とあおい、そして待田くんがどんな会話をしたのかは知らない。

「瑠奈って持久走とか苦手でしょ」

〈そう苦手〉

「もろそういうタイプじゃん」

けれど、明美がこうして私に話を振ってくれているのを見るあたり、悪い方向には向かわなかったのだろう。

三人並んで廊下を歩く。

ふたりの背中を追うわけでも、仲間はずれにされているわけでもない。一緒に教室へと向かっている。その事実をまだ消化しきれていない。

ねえ、おかしいと思ったんじゃないの？　どうしてふつうに私と話しているの？

「そういえば」

階段をのぼっていると、明美が思い出したように口を開いた。

「なんで昨日、待田くんといたの？」

〈たまたま会って〉

「そっか……」

〈なにかあったの？〉

「瑠奈が先に帰ってから、ちょっと待田くんに言われたっていうか」

明美が曖昧に濁したのを、「昨日」とあおいが引き継いだ。

「あたしらがなにを話してたのか察したんでしょ。んで、なんかキレてる感じだったから」

そのフレーズで、小学校のあのときを思い出す。年上の男の子を泣かせた事件。

「なんかこっちが言うのもあれだけど、あんま気にしないでね。あたしらが話してたこと」

あおいは気まずいと思っていないのか、あえてフラットな態度で昨日の一件に触れる。明美も「そうそう」と、こちらは罪悪感を少し滲ませたような顔で笑った。

「言葉のあやっていうか、そんなところだから」

〈うん、気にしてないよ〉

さっさと流してしまいたい。

笑った私にふたりも安堵したようだった。

「あ、噂《うわさ》をすればじゃん」

あおいが、目ざとく見つけたのは、とある男子グループ。

教室の前の廊下に出ていた男子数人の中に待田くんの姿が見えた。

派手な面々に囲まれていながら、引けを取らない。目を奪われるのは容姿なのだろうか。それとも雰囲気なのだろうか。

その横顔を見て思う。

昨日、どうして私を呼んだの？

聞きたいようで、けれどもその線は決して自分から越えられない。必然的に昨日の放課後の話になるのはわかっているから。変わってしまったであろう自分のことを訊ねられても、きちんとした形で返せる自信はなかった。ネットの言葉であれこれ説明するのだろうけど、どんな言葉を用いるのか自分では想像できない。

「さすがの待田も補習組か」

「うるせえよ。現国だけだって言ってんだろ」

「待田が数学満点とか許せねえわ」

「ねえ、待田くん」

わちゃわちゃとした空間に、末広さんがなんのためらいもなく入っていく。

「じゃあさ、私にも数学教えてくれない？」

前回のことで懲りていない末広さんがこてんと、首を傾げた。周囲の男子は待田くんの横腹を肘でつつく。

「その、じゃあ、ってなに？」

盛り上がる場面で、待田くんは感情を一切排除したような顔で平然と言った。

待田くんは昔から変わらない。自分のテリトリーに入れる人と入れない人をハッキリ分ける。特に中学に入ってからは、女子全般に線を引いているように感じられた。だからこそ不思議だった。ただ小中と一緒だっただけの私が待田くんの視界に入っていることが。この前の体育の授業内容を聞く相手だって私以外にもたくさんいた。私じゃなくてもすぐに解決はしたと思うのに、私だった。そこに深い意味なんてないと自分に言い聞かせる。

特別な意味はないことは弁《わきま》えているつもりだけど、皆が私なんて見えてないように振る舞っても、待田くんはそうしない。

「ま、まあまあ、俺も苦手なんだよ。待田、俺も教えてくれ」

「やだ」

「なんでだよ！」

安西くんがとっさに空気を取り戻そうとするけれど、渦中にいる本人はどうでもいいといった顔で輪から抜ける。周囲の生徒が自然と道を開け、そのまま教室に入っていった。

どうして、嫌われることを恐れないのだろう。

「なんか、あそこまで冷たいと感じ悪いよね」

一連の流れを見ていた明美がこそっと私に耳打ちした。

〈え……あ、そうだね〉

「どう考えても末広さんって待田くんのこと好きじゃん？　優しくすればいいのに」

たしかにそうかもしれない。待田くんには配慮がないように見える。

「杏《あん》、気にしないほうがいいよ」

末広さんを慰めるように女子生徒たちが一斉に群がる。

「待田ひどいよ」

「あんなの言いすぎ」

「こっちは仲良くしようとしてるだけじゃん」

悪気があったわけではない末広さんたちのことを、待田くんはどうしてあそこまで冷たく突き放すのか。

「そもそも待田くんって言い方きついよね」

誰かが言った。

次第にそれが波紋のように広がっていき、「待田って空気読めない」がトドメのように私の心に突き刺さった。

昨日のことがあって、待田くんになにか言われるんじゃないかと思っていたけれど、声をかけられることはなかった。自分の席に座った待田くんを見ていたが、

「あ、明美」

視線はすぐに移動した。低い声が廊下に響き、視線を辿《たど》れば、明美の彼氏の賀川《かがわ》くんがちょうど自分の教室から出てきたところだった。その姿を見て顔を輝かせた明美は「どうしたの？」と私たちから離れていく。

「教科書貸して」

「また〜？」

「ごめんって。数学な」

「もう、今回だけだよ」

頬が緩んだ明美の顔は、私たちに見せる顔とはまた少し違っていた。口調もどことなく甘く〝好き〟が溢《あふ》れているようなトーンだ。部活も学校も同じで、一般的なカップルより共有する時間は長いというのに、喧嘩になったりしないのだろうか。ああ、

でも、部活は男女で分かれているのかもしれない。

そんなふたりを見ていると、あおいが「ねえ」と私に話かけた。

「なんか瑠奈の手、汚れてない？」

指摘され、手を軽く持ち上げると、たしかに右手首が黒く汚れていた。どこでついたんだろう。

〈うわ、ちょっと洗ってくる〉

「早く戻ってきなよ」

うん、とうなずきながら慌てて廊下を走るけれど、走るな、という貼り紙を見て減速した。手洗い場で汚れを落とし、ハンカチで拭きながら教室に戻りかけると。

「わ、賀川くんありがとう」

近くの教室から聞こえてきた声に視線が流れた。

「いいって。あ、落書きすんなよ」

「えーダメ？」

「ダメに決まってんじゃん」

ついさっき明美に教科書を借りに来ていた賀川くんが、同じクラスの女の子と親し気に話している光景が見えた。女の子の手には、数学の教科書が握られている。

もしかして、明美に借りたのはあの子のためなのだろうか。

彼女の緩く結んだ髪が左右で揺れた。

『優しいんだよね、話しかけられたら返しちゃうみたいだし』

少し前の明美の言葉が不意に再生された。

話しかけられて仕方なく返す、といったようには見えない。どちらかというと、喜んでそれを率先しているようにも見えてしまう。

可愛らしくて、ほんわかした女の子。明美とはタイプが反対だ。

そこまで考えて、自分がとても嫌な方向に考えているのがわかって思考を閉ざした。

たまたま見ただけで判断するのはよくない。

賀川くんだって明美を大事に思ってるはずだ。

「でも彼女さん怒らない？」

「あーまあ、内緒ってことで。言わなきゃわかんねえし」

「じゃあまた賀川くんの教科書借りようかな」

「そしたらまた俺が借りに行かなきゃじゃん。めんどくせーんだよ、あいつ」

そう言って、女の子の頭を軽く小突くのが見えて、閉ざした思考が波のようにどっと押し寄せた。

これは、いいのだろうか。

めんどくさいって、まさか明美のことが？

彼女に対してそんなことを、ましてやほかの女子に言うなんて、どうなんだろう。

明美が知ったら、悲しんで、怒ってしまうようなことではないだろうか。

それを賀川くんは『内緒』と、まるであの女の子とだけの秘め事のように楽しんでいるように見えて、でも疑うのはよくないとも思って。

「あーあ、彼女さんうらやましいなぁ」

「なんなら遠野《とおの》、替わってよ」

「それひどーい」

けらけらと笑い合う声を聞いていたくなくて、足早に通り過ぎる。

あの女の子――遠野さん――が賀川くんに好意を寄せているのが、今のやりとりだけでも十分に伝わってきた。

『どう考えても末広さんって待田くんのこと好きじゃん？　優しくすればいいのに』

さっきの明美の言葉が何度も何度も再生される。きっと賀川くんもあの子の好意をわかっていて、だからこそ優しく、親しく、しているように見えた。

だとしたら、だとしたら。

待田くんの対応のほうが正しいような気もするのは、間違っているのかな。

「あ、瑠奈おそーい」

視界の端で、耳の後ろでふたつに結んだお団子頭が振り返る。明美だ。

「今日一限英語だよ。当てられたら最悪だね」

黒板に書かれた今日の日付は、私の出席番号だ。

だけど、今はそんなことよりも、賀川くんと遠野さんのことが気がかりだった。

「瑠奈？」

明美の声に思考が途切れた。

〈あ、ごめん。眠くて〉

「当てられるよりも眠気とか強すぎじゃん」

あおいが笑う。

私も合わせるように笑い、靄《もや》がかかった疑惑を呑み込んだ。

緊張がようやく解けていったのは、英語の授業を終える鐘が鳴った瞬間だった。

「あれ、なんでわかったの!?」

机の中に教科書を放り込んでいると、クラスメイトの野波《のなみ》さんと春日《かすが》さんが私の席に来て訊ねた。

〈え？〉

「ほら、さっき奥平さん当てられたでしょ？　あの問題、すごい難しかったのに」

「そうだよ、あれ今までの授業で習ってない範囲だよね？」

明美の助言通り、私はたしかに授業で当てられた。

私がすらすら答えたことで、みんながどよめいたのは空気感で察知していたけど、まさか直接訊かれるとは思ってもいなかった。

ただでさえ明美とあおいにどう返せばいいか悩むのに、ほかのクラスメイトとなれば、余計にうまく返すことだけに囚《とら》われて、結果的に失敗することも多いのに――。

〈たまたま予習してて〉

「でもあれ、大学の入試問題で出てくるような問題だよね？」

野波さんがそう言うと、春日さんが「そうなの⁉」と声をあげた。

「塾で入試対策してるんだけど、ちょうど出てきてたもん。でも難しくて解けなかったのに、奥平さん、ふつうに答えるからすごいと思って」

板書しながら、面白いほど問題が解けた。ちらりとスマホの画面を見ると光っていて、答えが載っている。わざわざ確認しなくとも、手が勝手に動き問題を解いてしまうから、いざ先生から名指しされても全く困らなかった。

「あの先生、絶対意地悪で出したよね」

「だとしたら奥平さん最高だよ」

春日さんがにかっと笑う。まったく悪意のない反応だ。

「生徒の困る顔が見たくて出題したなら、ざまあみろって感じだよね」

〈うん、ほんとに。意地悪されてるとも気付かなかった〉

「はは、それもっと最高」

「そうだよ、奥平さん頭いいね」

成績がよくなればよくなるほど、この学校では居場所がなくなると思っていた。断じてひけらかしたいわけではなかったのに、こうして面と向かって褒めてもらえると純粋にうれしい。この調子なら、テストでもいい点数が取れて、お母さんの機嫌を損ねることもなくなる。

野波さんと春日さんと別れ、その足で明美とあおいの席に向かう。

私が野波さんと春日さんに話しかけられていたのは、ふたりの席からも見えていたはず。

一抹《いちまつ》の不安がよぎり、なにか悪く言われていたらどうしようかと思っていると、

「瑠奈、さっきの教えてよ」

あおいが英語の教科書とノートを出して私を待っていた。その後ろでは明美が少し戸惑ったように、私とあおいを交互に見た。勉強する姿勢を好まない明美にとって、あおいの第一声は意外だったのだろう。

〈さっきのって、私が当てられた問題？〉

「そう、あれ答えわかってもいまいち謎でさ。修飾語まで出てくるからこんがらがっ

た」

〈あれは、名詞の前につけたらいいよ。修飾語になるのは形容詞と副詞だけだから、そこさえ押さえておけばあとは応用で〉

「うわ、それ以上長文やめて。マジで頭入らなくなるから」

大袈裟に頭を抱える素振りを見せながらも、あおいはノートにそれらを書き込んでいく。

あおいが真面目に勉強に取り組んでいるのを初めて見るけど、思えばあおいは一度だって赤点を取ったことはない。見た目が派手だからどうしても偏見を持ってしまうけど、私たちに見せないだけで授業はきちんと参加していたのかもしれない。

「……あ～、なんかそれ難しかったよね」

明美は勉強の話題になると、途端に嫌な顔をしていた。私がテストでいい点を取ると、あからさまに私を軽蔑するような態度を取っていたけど、今はなんとか話を合わせようと前のめりになってあおいの手元を見ている。

〈でもあれは難しいよ。高校生ではまずやらないって〉

「やっぱり？　ってかそれを答えた瑠奈って偉人じゃん」

〈そんなことないよ〉

本来であれば、私もわからなかった。ましてや大学の入試で使われる問題ならなおさら。

それを悪いほうに捉えられなかったことに安堵する。

「待田ぁ、お前まーた告白されてんのか」

いきなり教室の空気が活気づいた。待ってましたと言わんばかりのムードに歓迎された待田くんは、心底迷惑そうな顔で目を細める。

どうやら授業が終わったあと、女子の先輩に呼び出されていたらしい。男子たちは悪ノリの延長線上でひやかした。

「人のことばっか気にしてないで自分の心配しろ」

「ああん？　モテるからって調子のんじゃねぇぞ」

ここまでの一連のやりとりは毎度恒例で、最近はテンプレート化してきている。

オラオラと安西くんが肘で待田くんの脇をつつくと、背負い投げをされそうになり、いよいよ教室はどっと笑いに包まれる。

すごいなぁと漠然と思う。待田くんが学年を超えて人から愛されるということも、友達関係に綻《ほころ》びがないということも。

「あんな冷たいのにモテるのが皮肉だよね」

「彼氏は優しい男がいいよ」

明美の発言から、芋づる式で賀川くんとあの女の子の映像が流れる。

賀川くんは優しいのだと思う。同じクラスの女の子のために、教科書を用意した。でもそれって遠野さんのための優しさであって、明美のためではない。きっと、明美が知ったら傷ついてしまう。

そのことに賀川くんは気付いているのだろうか。無意識だとしたら、教えてあげたほうがいいんじゃないか。

でもなんて言うべきだろう。私は賀川くんと接点があるわけじゃない。明美があおいに話しているのを、私が勝手に聞いていただけだ。ふたりが付き合う前は、よく明美の付き添いで賀川くんの教室に遊びに行ったりもしていた。でも話したことはないし、明美もまた、手を振ったりするだけで、恥ずかしがってすぐに自分の教室に戻っていた。

付き合うようになった時期は、あおいがちょうど私たちの間に入ってきた時期とも重なって、必然的に私はいらなくなった。明美とあおいがふたりでちょくちょく賀川くんの教室に行っていたのを遠巻きに見ていただけで、あれだけ聞かされていた恋バナもされなくなり、私も変に訊くのをやめた。

そのうち明美は賀川くんの教室に行かなくなった。たしか、賀川くんが『彼女が来ると連れにからかわれるからやめて』と明美に言ってた話を聞いたことがある。

だから、もしかしたら、明美は遠野さんのことを知らないのかもしれない。

自分の教科書がほかの女の子に貸し出されてるって、やっぱりいい気はしない、よね？　だからってそのまま明美に言うわけにはいかないし。そもそも、変に間に入るのはやっぱりよくないかもしれない。

「で、告白どうしたんだよ」

安西くんの声で思考が途切れ、待田くんに視線が流れる。

「お前には関係ない」

「ってことはまた断ったのか！　あの先輩、美人で有名だろ」

「だからなんだよ」

「つれないなぁ」

待田くんはいつだって女子に冷たく対応するし、突き放すような言い方をする。優しくないわけじゃないと思うけど、さっき見たばかりの賀川くんとどうしたって比較してしまう。

万人に優しくするだけが、本当の優しさじゃないのかな。

そういえば、いくら私を女子として見てないとしても、私にも優しかったわけでもないことを思い出す。

公園で怒られた記憶。冷たくされたとはまた違うだろうけど、あれはあれで忘れられない。

不意に左膝を見る。今はスカートで隠れて見えなくなっているけど、ここには、あの日の公園での思い出が残っている。

「いいよな、お前はなにしてもモテて。分けてほしいわ〜!」

「そんなこと言ってるから安西はモテないんだろ」

ふたりの会話が教室に響いて、誰もが待田くんを見ていた。

待田くんフィーバーは入学式の日からずっと続いているけれど、本人はそのブームに乗っかるつもりはないらしい。それがまた人気のひとつなのかもしれない。

ふと待田くんの顔がこちらを向き、なんの予告もなく目が合うものだから、ひゅっと息が喉に引っかかるような感覚を覚えた。

『なにしてんだよ!』

まただ。

過去の思い出が疼《うず》く。

公園で、夕焼けを背負うようにして怒っていた待田くんの姿が強烈に残っている。

小学生のときの話なのに、怒られたということだけが忘れられない。

鋭く、射貫かれてしまうあの目は苦手だ。

そして、冷たくなんでも言ってのけてしまう待田くんの正直さを向けられてしまうのは、もっと苦手だ。

購買で万引き騒ぎが起きたのは、その日の昼休みのことだった。

あおいと明美が幻のメロンパンを入手しようと躍起《やっき》になっている後ろで、とある女の子の背中をぼんやりと見ていた。

スリッパの色は赤だ。ということは私と同じ学年。腰まで伸びた艶《つや》やかな黒髪をしている。

どんなケアを施しているのだろうかと見ていた矢先、その子が置いたお金を、柄の悪そうな男の先輩が人混みに紛れて奪っていくのが見えた。スリッパの色は青。三年生だ。

その直後、さっきまで見ていた黒髪が大きく揺れた。

「あんた、お金払ってから行きなさいよ」

「え……お金って、今払いましたけど」

ちらりと見えたのは、女の子の腕を購買のおばちゃんが掴んでいる光景だった。

「じゃあお金はどこに消えたの⁉ 嘘も大概にしなさい」

「だから、そこのトレーに置いて……」

「ないじゃない！」

甲高《かんだか》い声音に、周囲の生徒たちの視線が集まっていく。突然万引き扱いされた女の子は「いや、だから」と言いながら、お金がないという事実に困惑していた。

「おばちゃんお金置いとくよ」

大きな身体とギラギラ光る金髪。男にしても大きいその腕が、レジの隙間からパンを取っていくのが見える。さっきお金を奪った先輩だ。そしてそのお金で今、パンを買っていった。

あの子はちゃんと払ってた。それを私は見ていた。

「ちゃんと払いました」

「じゃあ払った証拠見せなさい。お金が消えるわけないんだから」

「証拠って……」

〈あの！〉

声を出すと同時に、足も一歩前に出ていた。

〈その子がお金払ってたの、私見てました〉

一気に視線が集まり、怯みそうになった——のは本来の私で、指はとある方向を指し示した。

〈その子がお金払った瞬間に、あの人がトレーのお金を盗ったんです〉

私の声に気付いたのか、先輩が振り返る。まさか自分が指されているとは思っていなかったような顔で「は？」と呆《ほう》けた顔をしている。

「……証拠は？」

気崩された制服と、眉ピアス。堂々と校則違反をする先輩に睨《にら》まれても、私は口を動かし続けた。

〈あそこに防犯カメラがあるから映ってるかも〉

スラスラと出ていく言葉はもちろん私のものではない。

「え、あの人がお金盗んだってこと?」

「じゃあ、あの女の子、濡れ衣じゃん」

責められるような視線が、女の子から先輩へと移ると、さすがに耐えきれなくなったのか、先輩は失笑を漏らした。

「あーはいはい。言われてみればそうかも。悪いねぇ、勘違いさせたみたいで」

反省の色がまるで見えないその顔が、雑にお金をトレーに投げて、置いていく。

「これでいい?」

聞いておきながら、答えを求めていないのが口調から滲み出ている。そのまま購買から離れていく背中を見つめていると、

「ちょ、なに、今の」

いつの間にか、あおいと明美が後ろにいた。半ば興奮気味といった様子で私を見る。

「瑠奈、めっちゃかっこいいじゃん」

「それにしたってよく言えたよね。さすがに怖いって」

「そうそう、あの先輩、怖い噂絶えないし」

〈そうなんだ……はー怖かった〉

なんとか笑いながら手元のスマホを見る。やはり光っていた。

「ねえ」

声が聞こえた。

人混みを縫うように歩いてきたのは、万引きを疑われた女の子だった。

「ありがとう、助けてくれて」

〈ううん、私ちょうど見ちゃってたから〉

「助かった。見てても、ああやって声にしてくれる人ってほかにいなかったから」

〈そうだけど、でも勝手なことして……〉

「本当に助かっちゃった。ありがとう」

桜庭《さくらば》と名乗った彼女は、ふたつ隣のクラスだと言った。

大人しそうで可憐《かれん》な雰囲気の女の子。パンを持つ手が微かに震えていて、なんとも言えない感情になった。怖かったのは私も一緒だ。

もしあそこで私が声をあげなかったら、桜庭さんは万引き犯として先生たちに連れていかれていたかもしれない。それに周りの人からも白い目で見られていたかも。

だとしたら、怖くても正しいことを言えてよかった。

〈役に立ててよかった〉

「でも気を付けてね。あの先輩、怖いから」

〈大丈夫だよ。なにかあっても同じように言い返すから〉

「それは頼もしい」

桜庭さんはまた何度目かの「ありがとう」を繰り返しながら教室に戻っていった。

自分の意思じゃなかったとはいえ、誰かを助けることができてよかった。

感謝されるのってこんなにうれしいのかと、心強い私の味方であるスマホをぎゅっと握った。

「あ、これ待田の写真？」

教室に戻る途中、廊下の掲示板の前であおいが足を止めた。視線を辿れば、一枚の写真が貼られている。その下のキャプションボードには〝待田紘〟という名前があった。

「なんかこの前もコンクールで入賞したんじゃなかったっけ？」

「集会のときに呼ばれてたよね。本人すごい嫌そうだったけど」

くくっと肩を竦め笑うふたりの後ろで、私はその写真を見上げる。

【日永《ひなが》】

たった二文字。

それがこの写真のタイトルだった。

どこかの屋上から撮られた写真。そこには陽の光をめいっぱい浴びたビル街が、まるで光を乱反射するように写されている。

――なんでこんな綺麗《きれい》なんだろう。

はっとして、自分の唇に指で触れる。

大丈夫、喋ってない。

「日永ってどういう意味？」

「さあ」

「写真って、なにがいいとかわからなくない？」

「だよね。入賞したならいい写真なんだろうけど、でもよし悪しの基準とかわからないし」

素人には到底わからない世界だけれど、それでも待田くんの目にはこうして見えているのかと思うと、心の奥底で小さな音が鳴った。

それは感動に近い音だったように思う。

「ね、瑠奈」

明美が言う。

〈うん、写真はよくわかんないや〉

適当にその場が丸く収まればいい。明美と瑠奈は「だよね」と笑った。

翌日も、スマホの効果が切れることはなかった。

試しにお母さんと話してみたが、いつもイライラしているお母さんを怒らせること
もなく、一日が終わった。

晴れやかな気持ちで制服に着替える。人間関係が修復されただけで朝がこんなにも
違うなんて。

「次、千堂《せんどう》タイムだ」

書道セットを準備していると、少し離れた席で明美が言った。

「あー例のあいつね。癖強いんでしょ」

「そうだよ〜。あおいも一緒だったらいいのに」

「もうちょっと仲良くなるの早かったら一緒にしたって」

芸術科目の選択を、私と明美は書道にしていた。

書道を選んだのは明美で、音楽を選択しかけた私は急いで明美の意見に合わせた。

いつもならこうして準備している間に置いていかれていたけど、

「瑠奈」

あおいが私を呼ぶ。

「次、選択授業だから移動だよ」

明美も隣で微笑んだ。自分の席にいた私を、ふたりが入れてくれる。雑談をしてもふたりが笑ってくれる。ハブられることもない。

音楽室の前であおいと別れ、明美とふたりで書道室に向かう。

息が白く染まった。かじかんだ手のひらの中にある教科書に一瞬視線を落とすと、

「そういえばさ」と明美が言った。

「……瑠奈って昨日のドラマ観た？　上重《かみしげ》くん出てたやつ」

明美に改まって話を振られると、未だに心臓がぎゅっと萎縮《いしゅく》してしまうような痛みを覚える。スマホの力を得た日から、明美との距離は縮まったようで、どこかで気を遣われているようにも感じていた。

〈うん、観たよ。かっこよかったよね〉

もともと観ていなかったけれど、明美が推しているアイドルメンバーが出ているドラマだったから、途中から観るようになった。もう最終話に近く、それまでの回は有料だったから、わざわざお金を払って最初から観た。少しでも明美と共通の話題が欲しくて必死だった。そんな自分が滑稽《こっけい》に思えて仕方がない。

書道室に着いてすぐ、扉が大きな音を立てて閉まったのを聞いて、思わず肩が跳ね

た。

書道担当——千堂先生——が教室に入ってくると、緊張感が増し、生徒はそれぞれ指定された座席に着く。

上下真っ黒のスーツに、センター分けの黒い前髪が両耳にかけられている。この学校で一番若い男性教師で、最初こそ二十六歳という年齢と整った顔立ちのため騒がれていたが、それも次第に弱まっていった。今では千堂先生を見ると、怖い、という気持ちが先立ってしまう生徒も少なくないはずだ。

斜め前に座った待田くんの後ろ姿。いつも自然と視線が吸い寄せられるのは、席の位置が悪いから。ちょうど、黒板の前に立つ先生の姿が、待田くんの背中で見えなくなる。

「——スマホシンドロームを知っていますか」

挨拶もなしに、脈絡のない一言から始まるのが千堂先生のスタイルで、突然なにを問われるか予測ができない。それが緊張感をより強めていく。

「じゃあ、前から二番目。ショートカットの女子」

生徒の名前を千堂先生が口にしたことは一度もない。人の名前が覚えにくいらしい。その説明を受けたのは初めての授業のときで、最初は物珍しいと思っていただけだが、そんな印象を吹き飛ばすほど、千堂先生の性格は強烈だった。

「えっと……スマホで不調が起こるみたいな感じじゃ……」

「そうですね。長時間の使用、また不自然な姿勢によって、眩暈《めまい》、肩こり、頭痛など身体に様々な影響が出るといった症状です」

書道と関係あるのかないのか。いまいち判然としないテーマを持ち出され、私を含めた生徒たちは困惑の表情を浮かべる。

「最近では思春期スマホシンドロームという症状もあるようです。スマホを使い、他人の意見に頼ったり、自分で考えるよりも先に、正解に辿り着こうとすることばかりを繰り返すと、声がでなくなってしまうという失声症の一種のような症状です。ただし、ウェブ上だったり、現実で聞いた、〝正解だと思われるような誰かの言葉〟だけは話すことができるという特異な症状です」

その話は、どこか他人事とは思えないように感じられた。

私は、自分の言葉を一番信用していない。だから他人の正解をなぞっていたかった。

もしかしたら私は、思春期スマホシンドロームという症状なのだろうか。

千堂先生の話を聞く限り、私の場合はもう少しだけ症状が重たいのかもしれない。

スマホの言葉でしか話せないし、そこに自分の意見はない。だからといって生活に支障があるわけではなく、むしろ役立っているぐらいなのだから、大して気にする必要はないのかも。

「僕がここで伝えたかったのは、スマホは確かに便利ではありますが、自分というものがなくなってしまう危険性もあるということです。他の誰でもない、自分というものを大事にしましょう。文字には、その人の全てが表れると言います。ということで今日は〝自分〟――この文字を課題とします」

千堂先生が黒板に書いた〝自分〟という字が、なぜかとても眩《まぶ》しく見えた。

ようやく書道室に墨の匂いが充満する。墨汁を使用することは千堂先生が禁止していて、みんな硯《すずり》で墨を磨《す》るけれど、授業の残り時間は半分もない。

ひたすら半紙に〝自分〟と書いていく。書道を習っていたことはないけれど、シャーペンとは違った魅力があるこの時間が好きだった。

「あの態度って問題にならないの!?」

書道室を出てすぐに、明美が鬱憤を小さく爆発させた。

明美の怒りの発端は、終わり際の、とある一枚の半紙だった。先週の課題である〝奏〟という字が書かれていて、誰かの提出物だということはわかったけれど、それを黒板に貼り付けた千堂先生はこう言った。

『こんなにも奏でられない〝奏〟は人生で初めて会いました。ぜひ名乗り出てください』

嫌がらせでもなんでもない。本当に、千堂先生はそう思ったのだろうし、黒板に貼ったのも、名前が書かれていなかったから、ただそれだけ。

でも、明美にとってみれば、恥をかかされたとしか言いようがないし、名乗り出るときのあの瞬間は、顔から火が出そうだったはず。

〈あれは、一言多かったよね〉

「もっと別のやり方があったはずなのに」

明美は、授業後、千堂先生がいる席まで行った。

『さっきの、どうかと思います』

そう言った明美に、千堂先生は何度か瞬きをして、それから、

『どう、というのは端的ですね。それに、僕のやり方が間違っているというよりは、あなたが名前を書き忘れたことを恥じるべきではないのですか。名前には命が宿っているんですよ』

躊躇《ちゅうちょ》することなく明美にそう言い放った。

当然、明美は憤り、今に至る。

「やっほ」

「あ、あおい〜ねえ、聞いて。千堂がまた生徒いびりしてさぁ」

「うわ〜また？　こっちはこっちで寂しかったんだから」

「選択授業、変えられるといいのにね」

ふたりが話しているのを聞いていると、あおいが振り返った。

「瑠奈は？　どっちの授業がいいの？」

話を振られたことに驚いて、一瞬反応が遅れた。あおいが私を見ている。明美も私を見ている。ふたりの世界じゃなく、そこに私がいる。

〈もちろん音楽〉

本当は、書道のあの空間が好きで、来年も同じ授業を選択しようかと考えていた。

その本音が飛び出さなくてよかったと、今は心底思う。

「やっぱり？　千堂は無理だよね」

「そっちよりは音楽オススメだわ」

そう言ったふたりの横顔を見て、〈そうだよね〉と合わせるように笑った。

本当は、思春期スマホシンドロームについて話をしたかったし、私もそうかもしれないということを相談したかったけど、それはここで出すのは間違っているらしい。

手元のスマホは相変わらず光っていて、私の全てを作ってくれていることに感謝の気持ちさえ抱いていた。

「こんな寒いのにグラウンド設定したのって高坂なのかな」

明美がロッカーを開けながら言う。

「そうでしょ、しかも持久走説濃厚らしいし」

右、左、とスマホを持ち替えながら更衣室で体操着に着替える。この一瞬のタイミングですらスマホが手放せないけど、手にしている限りは安心する。

「走りたくない～。瑠奈もそう思うでしょ？」

〈すっごい思う。さっきパンお腹に詰め込んできちゃったもん〉

「詰め込んだとか、どんだけ食べたの」

自分の言葉ではないのに、奥平瑠奈が喋ったことになり、そして今、ふたりの前で小さな笑いを取るぐらいまでには急成長している。

私なんかの言葉よりも他人の言葉のほうが正解に決まっている。

誰かの正解に従えば、失敗するリスクは少ない。

〈しかもお茶ガブ飲みしちゃって。絶対走ってるとき、たぽたぽいってるって〉

一時は不安に駆られたというのに、今となっては必要なものでしかない。

このままずっと、誰かの言葉で生きていけば、友人関係はうまく築ける。

「今日部活休みでさ、持久走頑張る代わりに三人で遊びに行こうよ」

明美の提案に思わず顔が引きつった。

三人で遊びに行こうなんて今まで言われたことがない。

うまくいっているとは思ったけれど、さすがにそれは急な展開でついていけない。

「ごめん、私パス。彼氏と帰るから」

そう思っていると、あおいが間髪を容れず断りを入れた。

「え、こっちまで迎えに来てくれるの？」

「そうみたい。目立つからやめてほしいんだけどね。向こう車だし」

「いいなぁ、うらやましい」

「そう？　明美の彼氏だって原付持ってんじゃん」

「ちょっと、それぜったい馬鹿にしてる！」

相変わらずふたりにしかわからない会話が続いたけれど、昨日までに比べたら随分と心は穏やかだった。

それはスマホという武器が私に安心をもたらしているから。

「ふたりで遊んできたら？」

あおいが私を見て、それから明美に提案した。

え、と明美が固まったのを見て、どこかでまだ、あおいに気を遣っている部分があるんだろうなと察した。

明美は、あおいの言動をとにかく気にする。そんな姿を見て、過去の自分を重ねてしまう。

私も、明美があおいと仲良くなり始めたときは、明美の顔色を窺《うかが》うことに精一杯だった。捨てられないように、頑張っていた。

〈いいよ、どうせなら三人揃ったほうが楽しいだろうし。また行こうよ〉

するり、するり、と思ってもいない言葉が唇から漏れていく。

私の声を受け、明らかに安堵した明美は、そうだよ、と肯定する。

「今まで三人で遊んだこととかなかったし。あおいが空いてるときにすればいいって」

「なんか気を遣わせた感マックスなんですけどぉ」

「そんなことないよ、ね、瑠奈」

〈ないない。私、いつでも空いてるから教えて〉

明美の焦りは明らかだった。

きっと、私と同じように『嫌われたくない』と思っているのかもしれない。

まさか、持久走で派手に転ぶとは思っておらず、なんの受け身も取れないまま正面からグラウンドに突っ込んだ。膝に痛みを覚えて見ると、盛大に擦ってしまったようで次第に血が滲み始め、だらだらと流れていく。

「瑠奈、ドンマイ〜」

明美とあおいがゲラゲラ笑っているのを横目に、とっさにズボンのポケットに入れていたスマホに触って〈笑わないでよ〜〉と痛みを隠しながら立ち上がる。

「保健室行ってきたら？」

「ってか、どんだけ派手に転ぶの」

〈ほんとそれ〉

愛想笑いだけがうまくなっていく自分を俯瞰《ふかん》しながら、先生に伝えて保健室に行くことにした。

「あ」

保健室に先生がいなかったらどうしようかと思っていたら、消毒液の匂いに混じって、待田くんと鉢合わせることになった。

「え、なんかすっごい血が出てるんだけど」

視線が私の膝に集中していて、かっと顔が熱くなる。

一昨日ぶりの会話が、まさか流血とともにやってくるなんて思いもしなかった。

待田くんと話すことになったらどうしようと思っていたのに、いざ対面してしまうと逃げようもない。養護の先生は不在のようで、予期せぬ展開に目が泳いだ。

〈転んじゃって〉

早口で喋りながら、とりあえず脚を洗ってくるべきだったなと後悔する。

「あー……」

なぜか待田くんは私の脚を見ながら周囲を見渡し、それから自分の通学バッグから黒いタオルを出した。そのまま蛇口《じゃぐち》を捻《ひね》りタオルを濡らすと、「ん」と愛想のない声が飛んでくる。

「これで拭けば？　拭くもんどこにあるかわからねえし」

〈いいよ！　待田くんのタオルを汚すわけにはいかない〉

「そんなこと言ってる場合か。俺がいいって言ってんだから拭けって」

〈でも〉

「早く」

いささか強引な口調と、とりあえず座れという無言の圧力に負け、渋々うなずく。

タオルを受け取ろうとしたら、やんわりと否定された。

「痛いけど文句言うなよ」

そう言って、タオルで私の膝を拭いてくれようとする。

さすがにこのシチュエーションは頭の回線がショートしてしまいそうで、心臓が激しく胸を叩《たた》いた。

待田くんの長くて綺麗な指が陽光を浴びて煌《きら》めいて見える。

まるで大事なものを扱うような手つきで、待田くんはそっとタオルを私の脚に添わせた。

私の脚なんて適当でいいのに。恥ずかしくてたまらない。

「…………」

そして、無言というこの空間にいることが耐えられそうにない。

普段人前で見せる冷たい印象とはどこかかけ離れていて、別人のように見える。

〈ありがとう。自分だと痛いからちゃんと拭けなさそうだったんだよね〉

こんな状況で冷静にいられるはずもないのに、私の言葉はあくまでネットの、その場を円滑に回すためのものだけが滑るように出ていく。

「…………」

けれど、やっぱり待田くんはなにも言わなくて、ただ黙って血を拭きとってくれる。

保健室に面したグラウンドからは、数人の生徒の声が聞こえてくる。その中には明美とあおいの談笑する声も交じっているのだろう。

なにか喋り続けないと、と思っていると、自分の口が動くのがわかった。

〈待田くんはどうして保健室に?〉

「湿布。さっき首つったから」

返されないかもという不安が消え、ひとまず安心する。

〈つったの?〉

「写真撮ってて。撮影するとき、かなり低姿勢の角度とったら首がとんでもない方向に曲がって、つった」

待田くんらしいエピソードに緊張が少しだけ和らいだ。言われてみれば、首の右側に、肌色の湿布がぺたりと貼られていた。一体どんな角度から撮ったのだろう。写真を撮るときの姿勢がいまいちピンとこない。

待田くんを前にすると、いつも緊張してまともに話せないのに、スマホを握っているおかげで話題が浮かぶ。

〈……あれ、今って体育だよね？〉

「サボってた」

〈ダメじゃん！〉

当たり前のように話すものだから、体育の時間だということが抜けてしまうところだった。

けれど首を痛めてまで撮りたい光景があったのなら、それはあの写真のように廊下に貼り出されるのだろうか。

〈今でも写真続けてるんだね、廊下に貼り出されてるの見たよ〉

「あれは部長が勝手にしてるだけ。人に見せるもんじゃやない」

〈今は写真部だもんね〉

中学のときは学校に写真部がなかったけれど、高校に入って部活動紹介を見たとき、待田くんはここに入るのだろうかと漠然と考えたことがあった。

待田くんは昔から、写真を撮り続けている。小学生のとき、雨に濡れたタンポポを撮った写真が、こうして学校の掲示板に貼られたことがある。あのときも、なんか綺麗だなと思ったことを覚えていて、だからなのか写真部を見て、待田くんが繋がった。案の定入部したと噂で知り、そうかやっぱりそうだ、と思った。

でも不思議だったのは、待田くんの写真には人が絶対入らないということ。まるで、人間のいない世界を撮り続けているように見えて、その世界観も好きだった。

〈待田くんって、人を撮ったりするの？〉

今の私は無敵だ。日頃聞けないようなことも、ここぞとばかりに聞けてしまう。

「撮らない。興味ねえし」

興味ないの一言に尽きてしまうことが、他者を簡単に自分のテリトリーに入れないみたいで待田くんらしい。

……待田くんらしい、なんて私はあまり知らないけれど。

「この傷」

〈え？〉

「公園の？」

一瞬、なにを聞かれてるかわからなくて首を傾げた。

待田くんが視線で促すように見たのは私の足で、しかも左膝だった。

あ、と思う。

私の膝にはもう何年も前から消えない傷跡がある。近くでよく見ないとわからない程度なのだけど、これだけ間近で向き合えばいやでも気付かれてしまう。

〈うん、あのときの〉

あれは小学三年生の日差しの強い夏のこと。近くの公園にはよく同じ学校の子が集まっていて、私は当時仲がよかった子とベンチに座ってお喋りをしていた。少し離れたところで待田くんが友達とブランコに乗っていて、きっかけは覚えていないけれど、不意に滑り台を陣取っていた上級生の男の子が『この公園にいる奴らでなにかをしよう』と言い出した。

鬼ごっこだったのか、それとも隠れんぼだったのかは忘れてしまったけれど、とにかく私と友達は鬼に捕まらないように逃げていた。

待田くんはあのとき、鬼の役で、自分の友達を追いかけていた。

私は鬼役だった上級生の標的となってしまい、必死で逃げ回っていた。そして、足元に空き瓶が落ちていることに気付かないまま転んで、よりにもよって割れた瓶の破片で膝を切ってしまった。

そのときの傷跡を、まさかこうして待田くんと見ることになるなんて。

「すげえ泣いてたな」

〈そりゃあそうだよ。痛かったし、びっくりしたから〉

そこまで言って、自分が泣いていた理由を思い出した。私はあのとき、痛くて泣いていたんだ。

けれど、びっくりしたのはそれだけじゃなくて、一緒に遊んでいた待田くんが私に怒ったということ。

『なにしてんだよ！』

私は逃げる側で、待田くんは捕まえる側。そして、私は逃げるのに失敗して鬼に捕まったのだから、待田くんとしては喜ぶべき場面だったのに、なぜか怒られた。

『卑怯だろ！』

どうして怒られたのかは知らない。

あの頃の待田くんも皆から慕われていて、年上を相手にしても臆《おく》さない少年だった。だからというわけではないと思うが、待田くんは私に怒ったあと、上級生の男の子に殴りかかっていた。

待田くんも殴られて、馬乗りになって、ころころ転がって、結果的に待田くんが勝った。自分より年上の男の子が泣いているのを見るのは初めてで、その姿を待田くんが白けた顔で見ていたことを忘れられない。

『待田くん、なんで怒ったの？』

『知らなーい。でも先に殴ったのは待田くんだったよね？』

どうしてそうなったのか、誰も知らないみたいだった。

泣いていた男の子は『あいつがいきなり殴ってきた』と言い、しばらく待田くんは〝いきなりキレる奴〟として評判になった。誰も真相は知らないけれど〝勝手にキレた〟ということでその場が収まったことだけを覚えている。

さすがに中学にあがると、一緒に遊ぶことはなくなったけれど、今思えば待田くんと一緒に遊んでいたなんて信じられない。

〈待田くん、あのとき、どうして私に怒ったの？〉

「いや、怒ってねえけど」

〈でも怒ってたよね？　なにしてんだとか、卑怯だ、とか〉

「あれは奥平に怒ったんじゃなくて、怪我してる奥平をあいつが捕まえたから」

まるで古傷を癒《いや》すかのように、そっとタオルが当てられる。

「始まる前から、あいつら奥平のこと捕まえようとしてたんだよ。のろいからって」

〈え〉

「追いかけ回してただろ、奥平だけ」

そうだ。あのとき、私は執拗《しつよう》に追いかけられ、そして転んだ。

「転んで怪我してんのに、捕まえたとか言って無理に奥平立たせようとしたの見て腹立ったんだよ」

私は痛くて泣いていて、でもあの男の子たちは『俺が捕まえた』とか言って勝利にこだわっていた。その光景を見て、待田くんは怒っていた……？

〈それで、あの子を殴ったの？〉

「卑怯だろ、どう考えても」

いきなり待田くんが殴ったことになって、あの場面では待田くんが悪者になっていた。それを誰も疑わなかったのは、本人が否定しなかったからだ。

ああなってしまったのは、私のせいだった。

それを待田くんは誰のせいにもしなかった。

全部、自分ひとりで背負ったんだ。

「でも、あのとき本当にしないといけなかったのは、奥平の傷の手当てだった」

後悔していたような口ぶりで、怪我の処置をしてくれる。あのときできなかったことを、まるで今、果たすように。

〈ごめんね〉

「なんで謝るんだよ」

〈だって、私が転んで怪我なんかしなかったら、待田くんがあの子を殴ることもな

かったし〉

「それは俺が勝手にしたことだから、奥平が気にすることじゃない」

そんなことを言われてしまうと、でも、と付け加えてしまう。私が気にしなくても、待田くんはずっと気にしてくれるのだろう。小さくなった古傷を見て思い出せるくらいには、待田くんは覚えてくれていたのだから。

私の代わりに怒ってくれてありがとうと、心からそう思うのに、簡素な〈ありがとう〉が出ていく。もっと気持ちを伝えたいのに、私自身の言葉ではなく、ネットから派生した〝ありがとう〟で、なんだかモヤッとする。

「…………」

再び沈黙がやってきて、そして無条件に落とされていく。

さっきから、気にしないようにしようと思うのに、待田くんに触れられているところが熱を帯びて、どうしようもなく顔を隠したくなる。なんてことはない顔で平然としているようにはするものの、こんなことを異性にされるのは初めてで緊張する。

流れていった血の範囲を狭くするように、待田くんの手が繊細に動く。

今、待田くんはなにを考えているだろう。太い脚だな、とでも思われているだろうか。それとも、なんで俺がこんなこと、と思わせてしまっているかもしれない。

自分で拭くよ、と今さら言い出すこともできず、ほかに誰もいない保健室で、待田くんのつむじを見ていた。身長が高い待田くんのつむじをこうして見るのは新鮮だ。

〈ねえ、待田くん〉

「ん」

〈あの日の放課後、私に用があった？〉

脈絡なく空気に触れたその話題には、私も驚いた。訊きたかったことを、私ではない私が訊いてくれた。きっとタイミングはここしかなかったけれど、本来の私だったら絶対に訊けなかったはずだ。

ぴたりと、待田くんの手が止まる。

「……元気なかったろ、あの日は特に」

え、と驚きが出た。それは本来の私か、今の私か、判断ができない。

私がどの日を指しているのか、待田くんはすぐにわかったみたいだった。

──私が思春期スマホシンドロームになった日のことを。

「あいつらとなんかあったのかと思って」

あいつら、と心の中でなぞる。おそらく明美とあおいのことだろう。

見抜いている人はたくさんいた。待田くんだけじゃない。

一昨日までの私は、明美とあおいの明らかなお荷物でしかなかった。ハブられていると周囲にバレたくなくて、必死で追いかけた背中。

〈そっか、心配してもらってたんだ〉
今は関係が修復されて、なんとか三人でうまくやれている。
あれだけ怖いと思っていた学校が、一昨日を境に不安要素がどんどんなくなってい
く。
〈ってか元気なさそうに見えたとか、待田くん結構私のこと見てくれてるんだね〉
前までの私なら、話しかけられても、まともに返すことができなかった。
明美やあおい、それから待田くんにも。
いつもおどおどと、正解だと思われるような言葉をなんとか絞り出し、その場をや
り過ごす。前の私ではダメだったものが、今の私になってから取り戻しつつある。
〈あ、もしかしてあの日残ってたのも写真撮るためじゃ――〉
「なんかさ」
待田くんとも、今ならちゃんと話せる。そう思ったのに。
「それ、前に比べて手放さなくなったな」
視線が、私の脚から、手元のスマホへと移される。
転んだときでさえ、私は一番にスマホを守った。スマホのことしか考えていなくて、
怪我をするなどといったことは、二の次だったのだ。
鐘が鳴る。まるで魔法の時間が解けたみたいな鳴り方だった。

待田くんは不快そうに見つめて、

「今の奥平、なんか変」

変だと、ハッキリとした口調で言い切った。

あのあと、すぐに養護の先生が来て、綺麗に消毒された傷跡にずいぶんと大きな絆《ばん》創膏《そうこう》を貼ってくれた。待田くんは早々に保健室を出ていって、あの言葉の真意は聞けないまま。

心に、無数の針を刺されたような気分だった。

「おかえり〜、って、絆創膏でか」

保健室を出て更衣室に向かうと、ちょうど明美とあおいが出てくるところだった。

私の膝を見て、またゲラゲラと笑うが、そこには以前のような悪意は感じられない。

〈そうなの、あのあと血がすごかったんだから〉

「だって顔面からいったもんね」

「それにしては顔ひとつも傷ついてないけど」

あおいと明美が交互に喋るのを、〈ほんとそれ〉と話を合わせる。

待田くんに変だと言われたばかりだからか、手元のスマホに視線が落ちた。もはや手と一体になっているそれは、私の意思では剝《は》がれそうにもないほど強力で、ますます離せなくなってる。

　変じゃない。

　これでよかったし、なにもかもうまくいっている。

　大丈夫、これで大丈夫なんだ。


　放課後、部活へと向かった明美と、彼氏が迎えに来ているというあおいと別れ、私は補習を受けるため隣の教室に向かった。

「マジでもっと勉強すればよかったわ〜」

　自分の教室とは雰囲気が違うなと入るのをためらっていると、聞き覚えのある声が聞こえてきて足が止まった。

「賀川くん、補習とか可哀想」

「あ、他人事だと思って」

「他人事だもん。私は部活あるから」

「俺だって部活あるよ。顧問にめちゃくちゃ叱られたけど」

　賀川くんと遠野さん。そうか、ここはあのふたりのテリトリーだ。

「賀川くんテニス部だもんね。彼女さんも一緒でしょ？」

「まあ。でも向こうはギリ補習免れたって感じ。遠野は頭いいから余裕だっただろ」

「余裕じゃないよ。でも頭いい子より、ちょっと勉強できないほうが好きでしょ」

「いや、俺はどっちかっていうと勉強できる彼女のほうがいい。俺の彼女、遠野みたいに頭よくないからさ」

遠野さんは、まんざらでもない顔ではにかんでいる。

明美だって補習は免れている。明美を落として遠野さんを格上にするような言い方に違和感を拭えない。賀川くんが大切にしたいのはどっちなのだろう。

「彼女さん傷つくよ～」

「いいんだよ。馬鹿は馬鹿だか――」

ふと、賀川くんの目が私を捉え、そのまま言葉が途切れた。私と明美の仲がいいことを知らないはずもなく、気まずそうに視線を外した。

「賀川くん？」

「あー……いや、遠野も部活頑張れよ」

そう言って遠野さんを無理に教室から追い出そうとするのを見て、引け目を感じるということはやましい気持ちがあるからなんだと察する。そうじゃないと、私を見て顔色を変えたりしないはずだ。

明美の友人としてなにか言うべきかどうか迷う。今ならスマホの言葉で臆することなく立ち向かえるだろう。賀川くんのほうへ足が向きかけて、

「は？　なんで奥平がここにいんの？」

後ろから待田くんの声が聞こえて振り返る。

ちらりと賀川くんへと視線を向ければ、向こうも私になにか言いかけていたようだったけれど、すぐにスマホを取り出して画面を見ていた。

〈ちょっといろいろあって〉

保健室で会って以来だというのに、待田くんに話しかけられて緊張する。それなのに、言葉はぽんぽん出てくる。

〈親と揉《も》めて補習受けることになったんだよね〉

「なんで揉めて受けることになんだよ」

――なんで。

そう突っ込める度胸が私にはない。

待田くんは、あやふやにすることを許さない。白黒ハッキリさせ、納得がいくまで質問を重ねることだって厭《いと》わない。

〈お母さんに、受けたほうがいいって言われたから〉

「なんで」

〈点数、あんまりよくなくて〉

そこまで言うと、待田くんは露骨に眉間に皺を寄せる。

「何点だったんだよ」

〈恥ずかしいって〉

前の私なら言葉を詰まらせていたであろう場面を難なく乗り越えてしまう。

なんでこんなこと、私は恥ずかしげもなく言えるんだろう。

ネットの言葉だから？

待田くんはやっぱり不機嫌そうな顔をしていたけれど、「脚」とぶっきらぼうに言った。

「まだ痛い？」

〈ううん、大丈夫。待田くんの処置がよかったのかな〉

「ふつうだけど」

〈そっか。でも心配してくれてありがとう〉

膝を隠す大きな絆創膏は目立つけれど、あの時間を待田くんと過ごしたことは偽りではなく、そして『変』と言われたことが付随《ふずい》するようについてくる。

「ちゃんと新しいのに替えろよ」

〈待田くんって意外と心配性だね〉

「うるせ。あんな傷見たら心配ぐらいするだろ」

でも、明美とあおいはゲラゲラ笑っていた。心配なんてしていなかった。

笑ってもらったほうが気は楽だったし、それでよかったのだけど、なんだか待田くんに言われると、楽だと思ってしまった自分がおかしかったように思えて不思議だ。

「奥平はなに受けんの」

〈私はとりあえず全部かな〉

「……ふーん」

あまり納得がいってなさそうな顔。

これ以上深掘りされませんようにと願っていると。

「あのさ」

「おーい、席座れよー」

先生がやってきて、待田くんが口を閉ざした。

なにか言いかけていたようだったけれど、なんだろう。

自然と廊下側の一番前の席に座ると、待田くんもその隣の席に座る。視界の左端に待田くんが映るたびに、なんだか意識している自分がいた。

「なあ」

現国の補習が終わり、帰る支度をしていた私の前に、賀川くんが立った。

「明美と仲いいよな？」

〈うん〉

「さっきの、あんま深い意味とかないから」

私は手にした教科書とノートを通学バッグに押し込みながら、あとで教室に置きに行くから入れなくてもよかったなと思い至った。教科書をしまうときでさえ、私はスマホを握っている。

それから賀川くんを見上げる。

〈明美になにか言おうとか思ってないよ〉

「ならいいけど。変に誤解されて明美に心配かけたくないし」

誤解されるようなことも、心配をかけることも、全部賀川くんのせいなのに。あえて私を捕まえて言い訳をしに来るところもなんだか納得がいかない。

〈言わないけど、あんまりほかの女の子と親しくしないほうがいいと思う〉

「え」

〈明美がこの前言ってたから。お互いにあまり異性と話さないようにしようって賀川くんと話したって〉

「あー……あったな、そういうこと」

〈明美とあの子を比べるようなことも言わないほうがいいと思うし、好きとかも、その気がなくても勘違いさせちゃうんじゃないかな〉

さっき言おうとしていたことが百倍もクリアになって出ていく。本来の私だったら絶対に言えなかった。明美のために言ったほうがよかったかもしれない言葉をぐっと呑み込んでしまっただろう。それでも、私ではない私だからこそ、こうして賀賀くんに立ち向かえる。

〈明美が知ったら悲しむと思うから〉

「……いや、そこまで言う必要、あんたにはなくね？」

黙って聞いていることが腹立たしくなったのか、賀川くんは苛立ちを滲ませながら刺々《とげとげ》しい口調で続ける。

「そもそも、明美とのことで口出しされる筋合いないし、あんたが黙ってくれてればいいだけだし。別に浮気とかじゃないからさ。変に誤解されるのが困るって話で」

〈そうなんだ〉

「え、俺の話ちゃんと伝わってる？　こっちは真剣に――」

「それ、いつになったら自分が間違ってるって気付くわけ？」

唐突に、隣に座っていた待田くんが間に入り、賀川くんの言い訳が遮断された。

「彼女のこと大切にしろって奥平は言ってるだけだろ。お前の彼女の友達だから、傷つけてほしくないってことを察しろよ」

「はあ？　俺はただ、変に誤解されてややこしくなるのが面倒だから忠告してるだけで」

「忠告って。お前がやってるのは、ただの隠ぺい工作だろ」

「……マジで調子のるのも大概にしろよ」

座っている待田くんを見下ろすように睨みをきかせている賀川くんだったが、対照的に待田くんは冷静だった。声色に感情の乱れは感じない。

「おーい、喧嘩か？」

黒板を消していた先生が止めに入ったことで中断され、「気分悪いわ」と荒々しく教室を出ていく賀川くん。その背中を見つめながら、自分の保身ばかり口にする人なんだと思った。

「つうか、あんま他人の問題に首突っ込むなよ」

〈それは……そうなんだけどね〉

黙って教室を出ていってもよかったのに、わざわざ間に入ってくれたのだから、待田くんだって人のこと言えない。

「まあ、俺も悪いとこあったけど」

〈賀川くんのことで？〉

「そうじゃなくて、保健室。言いすぎたって」

ああ、そうか。先生が来る直前、待田くんは保健室でのことを謝ろうとしてくれていたのか。

〈ううん、私もいきなりイメチェンしたから〉

「さっきの奴にもハッキリ言ってたしな」

〈やっぱり変かな?〉

「まあ、変だとは思う」

〈あはは、ハッキリだ〉

「でも、理由があったんだろ」

〈え?〉

「そうなった原因が」

理由とか、原因とか。

どうしてだろう。真っ向からぶつかられて痛いのに、全然痛くない。

「まあ、言わなくていいけど。ただ、変だって思ってるだけ」

〈そっか〉

優しさは目に見えるものではない。

待田くんは、冷たい人に見えるかもしれないけれど、その奥には優しさが隠れていたりする。それは、私が欲しかったりする優しさなのかもしれない。

「明美休みだって」

翌日、私とあおいにそれぞれ【風邪引いた】との連絡が明美から届いた。

【今日はふたりでよろしくたのんだ】という文字と、クマが激しく踊っているスタンプに、思わず朝から笑ってしまった。

〈明美が風邪って珍しいよね〉

「ねー」

言葉が続かなかったのは、あおいが私と会話する気がないように見えたから。

これまで明美を含めて話したことはあっても、こうしてふたりになることはほとんどなかった。共通の話題は明美ぐらいで、その話題も簡単に尽きる。いくらネットの言葉で話せるといっても、向こうに話す気がなければ思うように言葉が出てこない。

微笑が静かに消えていこうとすると——。

「瑠奈ってさ、変わったよね」

あおいが、表情ひとつ変えることなく私をじっと見た。

「正直、前までの瑠奈ってなに考えてるか謎だったし、いつもスマホ見てたじゃん」

〈それは……そうだね〉

「まあ、今もスマホずっと持ってんのは変わんないけど、なんか打ち込んだりとかはしなくなったでしょ。前までの瑠奈ってスマホでなにしてんのかわからなくて、ぶっちゃけ印象悪かったし」

　今は打ち込まなくとも、勝手に言葉がスマホから流れてくる。そんなことを正直に打ち明けるわけにもいかないが、あおいの辛辣《しんらつ》な物言いに、これは距離を置かれるパターンか……と傷つく構えを取る。

　やっぱり、あおいは私のことを嫌っていた。そのことを再確認させられたようで笑みが思うように作れない。

「あたし、自分がない人間って嫌いでさ。ふにゃふにゃ笑ってるだけの人間って見ててイライラすんの」

　うん、そうだと思う。

「瑠奈ってまさにそういうタイプだったから苦手だったし」

　あおいは言葉を飾らない。でもそれ以上言われると、さすがにうまく笑えないような痛みを覚えてると、「でも」とあおいが言った。

「今の瑠奈って明るくなったっていうか、吹っ切ったみたいな感じがいいんだよね」

　広がっていく痛みが、突然消えていく。

「なんなら結構面白いし。なんでそれ隠してたの」

　あおいが浮かべているのは、私への苦手意識ではなく、友達に向ける親しみのある表情。それを見て、私はあおいに認められたんだと思った。

「キャラ作ってたとか？」

〈そんなつもりはなくて。全力でパフォーマンスできなかっただけで〉

「パフォーマンスって」

初めてあおいとふたりになって、あおいの本音をぶつけられて、雷雲を連れてきそうだった空模様が一気に晴れ晴れとした空へと変わっていく。

スマホをぎゅっと握る。あおいといることが苦ではない。それは向こうもそうだと感じるぐらいには、互いに友好的な関係が築けているのだろう。明美がいない今、私はあおいとなんかやっていけている。その事実が、じわじわと遅れてやってきた。

「うわ、今週最悪じゃん」

〈なにが？〉

「ほら、誕生花占《たんじょうばな》い。見てない？」

知らぬ間に私への評価の話が終わっていたらしい。

あおいがスマホをずいっと差し出す。それぞれの花が擬人化した可愛らしいイラストの下には、星座ごとの一週間分の運勢が載っていた。

〈可愛い。初めて見た〉

「うっそ。超絶有名なのに。私、月曜日はこれ見るっていうのがお決まりなんだけど、ちょっと今週は無理っぽい」

サイトには、【恋愛も友情もダメダメ。お休みしたほうがいいかも】などという、見せられたこちらがぎくりとする結果が載っている。お休みとは、一体なにを指してのお休みなのか。

「昨日彼氏と喧嘩してさ。あーなんか明日から運気最悪かもとか思ってたら当たった」

〈そういう勘って当たったりするよね〉

「あたし結構信じるタイプだから」

あおいから占いの話を聞かされたのは初めてだった。

「ぶっちゃけ、彼氏とこのまま付き合っていいのかなって思うんだよね」

自然と流れは恋愛話へと変わった。あおいとはほとんど恋愛の話なんかしてこなかったから、雰囲気を壊してしまわないか不安になる。

〈彼氏、大人だっけ？〉

「あ、そっか。瑠奈には言ってないか。大学生」

でも、私はうまくやり過ごした。不安なんてどこにもないように喋る。

大学生というパワーワードが飛び出し、そうかそうか、それは未知の世界だと途端に頭のネジがいくつも飛んでいきそうになる。

〈車持ってるんだよね？　大人だ〉

「そうだと思って付き合ったんだけど、実際付き合うとみみっちいっていうかさ」

〈みみっちい?〉

「器が小さい。外見だけ取り繕ってる感満載。しかも基本、人のこと見下してる」

茶色く染め上げられた髪の毛先をいじりながら、はあ、とあおいは溜め息をついた。

「私もこういう見た目してるから、馬鹿とか平気で言ってくるし」

〈あおい成績いいのに〉

実際、私よりも点数がいい教科だってあった。けれど、あおいは自嘲《じちょう》するように首を左右に振る。

「自分が外見しか見ないから、人のことも外見でしか判断できない、みたいな? そういう男だったたって見抜けなかったあたしが悪いんだろうけど」

今まで、あおいにはどこか冷めた印象があり、近寄りがたい雰囲気を感じていた。でも今なら思う。あおいは世間の冷たいものを多く見てきたんじゃないかと。

「潮時かなぁ」

それは恋が終わるということなのだろうか。

私にはわからない。わからないけれど——。

〈あおいの考え方って大人だから、あおいのよさをわかってる人と付き合ってほしい〉

今は、ネットの言葉をあれこれ借りて、自分の思いをネットの言葉が代弁してくれている。

「なにそれ、やさしっ。やっぱ今の瑠奈のほうが話しやすいわ」

望ましい方向へと向いているのなら、たとえネットの言葉でしか話せないとしてもなんら問題はない。もはや私にとってこれは、学校生活にうまく溶け込むために必要なツールとなっていた。


【夜永《よなが》】

補習が終わり、昇降口へと向かっていると、新しく貼り出された待田くんの写真のタイトルに思わず足を止めた。

燃え尽きようとしている太陽。そこから橙色、薄い桃色、群青色へと見事なグラデーションを見せる空には数羽のカラスが飛んでいる。

どんな意味があるのだろう。

スマホで調べようと思うのに、手が動かない。画面はずっと真っ黒のまま。

「奥平」

名前を呼ばれ振り向くと、スラックスのポケットに両手を突っ込んだ待田くんがいて、思わず背筋がピンと伸びる。首からは一眼レフがぶら下がっていた。

「なにしてんの」

〈写真、綺麗だなと思って〉

綺麗だと思って見てはいた。でも、今の私が口にすると、とても軽々しく感じる。なんだろう、動画の再生をスキップしているような、そこの過程に大事なものがあったはずなのに飛ばしてしまっているような、そんなむずがゆい感覚。

「……………」

〈待田くん？〉

待田くんと話すと、沈黙を感じる時間が長い。なにかを考えているのかもしれないけれど、それを読み取るだけの能力は私にはない。なにか話したほうがいいんじゃないかという焦りが生まれたのに、私は口を開こうとしない。

どうしてだろう、黙っていたほうがいいって書いてあるの？　画面を確認しかけて、でも待田くんに『変だ』って言われたことを思い出して見るのをやめた。なにか話してよ。なんでもいいから。

〈あ、湿布取れたんだね。よかった〉

願いが届いたのか、私ではない私が言った。

「まあ」

〈ええと、待田くんはどうしてここに？〉

「別に。散歩」

〈散歩かぁ。いいね、散歩〉

「………」

またた。また、なにも返ってこない。

どうして待田くんは黙ってしまうのだろう。

前に比べて私、ちゃんと返せるようになったはずなのに。

そう思っていたら、待田くんが言う。

「っていうのは嘘。いい写真撮れそうなとこ探してるだけ」

〈え、写真？〉

「それに前回のも、学校の屋上から撮ったやつだから」

〈そうなんだ。屋上からこんな景色見られるんだね〉

会話が続けられたことに過剰に反応している私。それを俯瞰して見ているのはとても違和感があり、けれどもこういった返しをすることが、求められているのだろうと思うと複雑だった。

〈この夜永と、前回の日永って、どういう意味があるの？〉

「お得意のスマホで調べたら」

〈お得意じゃないよ。本人がいるなら教えてもらったほうがいいかなって〉

少しだけ沈黙が流れて、ちらりと待田くんの横顔を見上げた。その目は、写真を眺めているようで、別のものを網膜に映して捉えているようにも見えて不思議だった。

待田くんは、私がこれまで生きてきて知らなかったような目の使い方をする。

しばらく黙っていた待田くんが、すっと小さく息を吸った。

「言葉の意味だけなら、夜永は夜が長くなっていくのを感じる秋の夜のこと。日永は春になって、昼間を長く感じること」

長くなっていく夜のことを想った一枚。

対照的に、春になって長くなった昼間を想った一枚。

不意に秋と春がまざったような複雑な匂いがした気がして、それが心地よかった。

〈秋の夜か。そう聞くと、っぽいよね！〉

でも、今の私から弾き出される言葉はとても雑だ。かといって、本来の私が持っている言葉が出せたとしても、正しく表現されないだろう。『っぽい』なんてそんな軽い返しがしたいわけではないのに、いざ自分の言葉で表現しようとしても頭の中が塗りつぶされているようでなにも見えない。

〈屋上かぁ。入ってみたいな〉

「入れば」

〈え？〉

「屋上、今から撮りに行くから」

予想もしていなかったお誘いに、心がぷるぷると震えた。震えるはずがないのに、でもそう感じるぐらいにうれしかった。

〈それって、待田くんの撮影場所にお邪魔していいってこと？〉

「興味があるなら、だけど」

〈行きたい！〉

待田くんが撮った、雨に濡れたたんぽぽの写真を見たあのときを、何回も思い出す。彼が撮る写真にはとても惹《ひ》かれた。どんな言い回しをすれば待田くんの写真が素敵だと伝えられるのか、本人に言えるわけもないのに真剣に悩んだこともあった。

そんな今、待田くん本人から、奇跡のような一枚を撮る瞬間に立ち会ってもいいと許しをもらった。こんなことがあっていいのだろうか。


屋上の扉はわけありだということを待田くんが教えてくれた。

「このストッパーは絶対触んなよ。これが外れると、屋上から校舎に戻れなくなる」

〈えっ、そうなんだ！　気を付ける〉

屋上に出た瞬間、まるで私たちが来るのを出迎えるように一陣の風が吹いていった。

〈初めて来た〉

緑色のフェンスにぐるりと囲われ、自然とその金網に手をかける。

肌を突き刺すような冷たい風を受けながら、日永、夜永とタイトルをつけられたあれらの写真を思い出す。ここから撮られていたなんて。でも、あの写真の風景を探してもどこにも見当たらない。

「こっち」

待田くんはいつの間にか屋上にある棟屋部分をはしごでのぼっていて、さらに高いところから私を呼んでいた。

〈怖くないの？〉

「全然」

高いところは得意ではないけれど、待田くんに誘われるがままはしごを掴む。よく見ると、ところどころ錆《さ》びていた。一段、一段とのぼるたびに、周りの景色も上昇していく。

「見てみ」

一番上まで上がってきた私に、待田くんは一眼レフを渡した。

〈え、大事なカメラでしょ？　落としたら怖いしいいよ〉

「いいから、ここから覗《のぞ》いて」

ためらいを覚えながらも、恐る恐る待田くんの大事なカメラを受け取る。こんなときでさえ私はスマホが手放せない。

言われた通り、ファインダーで待田くんが示した角度を見てみると、

〈あ……ここ〉

「日永の場所」

ビルが立ち並ぶ場所が一か所だけ見える。そうか、ここを切り取った写真なんだ。

〈すごい……なんか、すごいね〉

「なにが」

待田くんが苦笑するのが見えて、〈語彙《ごい》力なくてごめん〉と今の私が謝る。

ここから、あの写真が生まれた。

ビルに吸収された陽光とか、それを反射する輝きとか、たった一瞬の出来事を、待田くんの目を通して切り取られた一枚。すごいなんて、そんな言葉では形容できない思いが溢れそうになる。ずっと、待田くんが映す写真には魅了されてきた。

〈私じゃあんな写真撮れないなぁ〉

違う、そんなことが言いたいんじゃない。

もっと大切に、もっと貴重なものとして、この場所を、この時間を噛みしめたいのに、それができない。

日永とタイトルをつけられた写真を見たとき、私には待ち遠しかった春が来たような気がした。

ずっと閉じ込められている暗い世界に、一筋の光が差すような、希望の春。

「あの一瞬を撮るのに三週間かかった」

〈えっ、そうなの？〉

「構図とか、光の入り方とか、挙げたらキリがないし、勘頼りなとこもあるけど。でもあの一瞬が撮れたのはたまたま」

写真は、撮ろうと思えば撮れるものだと思っていた。それこそ、カシャッと簡単に。

「自分がたまたま見た景色を、そのまま撮ろうと思うと難しい。あれも、俺が初めて肉眼で見た一瞬に一番近いってだけで、やっぱり直接見たものには敵わない」

〈じゃあ、どうして待田くんは写真を撮るの？〉

「好きだから」

空を仰《あお》いだ待田くんが、間髪を容れずそう呟《つぶや》いた。

「なんだかんだ好きだから撮る。でもいつも考える。これが最後の一枚になるとしたら、なにを撮りたいかって」

〈最後の一枚？〉

「そのほうが一枚一枚を大事にしようと思うだろ」

もう一度ファインダーを覗く。

待田くんが、最後の一枚だとしたらと考えて撮ったあの写真。

「だからその三週間は一回もシャッターを切らなかったし、ずっとタイミングだけ待ってた」

そうして撮れたあの一枚に、一体どれだけの想いが込められているのだろう。

「俺なら撮れるって思ってたし」

〈そっか。大事な一枚だったんだね〉

そうだと思う。でも、やっぱり私の言葉には重みがない。そのことを待田くんは気付いているのだろうか。見上げていた視線が、ふと私へと落ちてくる。

「自分を信じてるから」

その一言が、私の心の奥底へとやけに深く刺さっていった。

待田くんが見ている景色に感化されたからか、ふっと言葉が浮かびそうになったのにすぐにかき消される。

手の中のカメラだけが、やけに重く感じられた。

待田くんと別れ、そのまま帰宅する。

SNSを見ていると、明美がストーリーを更新していた。

【彼ぴ　看病してくれた】

賀川くんと思われる後ろ姿の横に、小さな黒文字を発見する。

明美の文字はいつも極端に小さくて、拡大してようやく読めるようになっている。なぜそうするかを本人に聞いたことはない。書いてある内容に特にこちらが反応することはないから、そういった意味では便利な機能だ。【いいね】をつける必要もないし、コメントを残す必要もない。閲覧したという記録は残るけれど、話題にのぼれば、今の私ならいくらでもうらやましいというスタンスを繕える。

次の投稿は三十分前で、写真ではなく、ただの黒背景だった。

あ、と思う。

【なんか不安　大丈夫って誰かに言ってほしい　なんだろ、大丈夫だよね】

明美はたまに、こういった投稿をする。黒背景と見せて、端っこに小さな小さな痕跡を残す。誰かに向けた本音。気付いてほしい本音。

でも気付かれるのも厄介《やっかい》なのだろう。一定の時間が過ぎると削除されていることがほとんどだった。

自分の居場所が学校からなくなるかもしれない、と不安に襲われていた日々を思い出しながら、私はそっと画面の電源を落とした。

第三章

翌朝、校門付近がざわざわとしていた。先を見れば、生徒が一列に並ばされている。

校舎の中へと続く不穏な空気に、これはあれだ、とすぐに察する。

スリッパに履き替えると、すぐに自分の番がまわってきそうだった。

「朝から持ち物検査とか無理」

「本当、抜き打ちにもほどがあるし」

後ろに並ぶ生徒の会話が聞こえる。

隠す時間も与えられないまま、不必要だと思われたものは容赦なく没収されていく。

「おい、これは漫画か？　この時期は禁止だろ」

ちょうど私の目の前の子が犠牲者の仲間入りをしたようで、見れば桜庭さんだった。

明らかに肩を落としているが、そんなことよりも気になったのは、漫画の表紙だった。かなりマイナーで知る人ぞ知るあの作品は、つい最近私も手に入れたばかりで、何度も読み返している漫画の新刊だ。

「それだけは許してください！　この通りです！」

手を合わせ「お願いします」と頼み込む桜庭さんだったが、見事、没収箱へと吸い込まれてしまった。

あの漫画が好きな人に初めて出会い、頭の中は持ち物検査どころではない。

前までの私なら、きっと『桜庭さんも好きなんだ』で終わっていた。

話したくても、きちんと自分の気持ちを伝える自信なんかなくて、話しかけられないまま終わっていただろう。

でも──。

〈桜庭さん〉

持ち物検査を素早く終えると、私は桜庭さんの背中を急いで追いかけた。

「あ、奥平さん」

〈桜庭さんも『みのせか』、好きなの？〉

「え……知ってるの？」

『実らない恋を、また今日もこの世界で繰り返している』

あの本のタイトルを略したものでも、本人にはすぐに伝わる。

〈私あの作品の大ファンで新刊も買ってずっと読んでるの〉

「本当!?　信じられない！　かなりマイナーな作品なのに」

〈私もすっごいびっくりしてる〉

これは本来の私の心境ではあるけれども、かなり誇張されている。

ただ、【喜びは最大限に】などと、どっかのサイトのアドバイザーが指示してくるのに操られてしまうだけ。

「わあ、めっちゃ落ち込んでたけど回復したぁ」

桜庭さんはよほどうれしいのか、私の手を取ると「仲間がいるなんて」と目を潤ませる。

「奥平さんも好きだなんてうれしいな。あの作品、いい作品なのに埋もれちゃってて、どれだけ布教しても広まらなかったの」

〈わかる。特に二巻の最後がよくて、一生ついていこうってなるんだよね〉

「そうなの！　これも大盛りパフェ効果なのかなぁ」

〈大盛りパフェ効果？〉

「すっごい大きいの。やっと食べられたから、絶対いいこと起こるって思ってたんだよね」

話せば話すほど、桜庭さんは気取らなくて、親しみのある性格だった。そして人との距離を縮めるのがうまい。それは桜庭さんが先に自分のプライベートを打ち明けてくれるからで、心を開いてくれるから私も開ける。思わずためらってしまうようなことも、必要がないだろうという情報さえも、桜庭さんはあっさり喋ってしまう。

私なんて、パフェを食べたというだけで、そこまで親しくないクラスメイトに話したりはしない。けれど、桜庭さんは違った。

「あ、私パフェ宣伝隊長なの。部員は私ひとりなんだけど」

話がつまらないとか、面白いとか関係ない。話したいことを話し、自分のペースに持っていく。それを嫌う人や、合わないと去っていく人もいるのだろう。

〈私もパフェ好きだよ〉

けれど、私はそういった他愛ない話を堂々と話す人が好きだった。

それは私ができないことだからかもしれない。

必要ないであろうと自分で判断するよりも、まず話してしまう。そんな風に本能のままに生きている人というのは見ていて安心を覚えた。裏表がないと感じられるからだろうか。

「また話そうね」

そう言って笑顔で当たり前のように廊下で別れる。

無理に一緒にいることを強制しない。そして相手にも求めていない。きっと心地よい距離感というものを桜庭さんは知っているのだろう。

「おはよ、瑠奈」

教室に着くと、廊下側の前から三番目の席で明美が後ろを振り返るようにして私を見ていた。

「あ、おはよう」

前までは私のほうから明美の席に行き、おはよう、と挨拶することがお決まりだった。それが今では、あおいがいても明美は私に話しかけてくれる。

〈もう風邪、平気？〉

「平気平気。心配かけてごめんね」

〈そっか、ならよかった〉

「まだその大きい絆創膏、健在なんだ」

初日よりは小さくなったけれど、それでも通常タイプのものでは傷が隠れない。

〈そうだよ～いつになったら治るのかな〉

「そこギリギリスカートでも隠れないもんね」

ふたりがおかしそうに「ドンマイ」と口々に続けるものだから、〈他人事だと思って〉と返す。

ノリよく返すことに抵抗がない。もちろん、これは私の言葉ではないから、責任感なんてものはとうに薄れているような気もするけれど。

「待田、俺に写真を教えてくれ！」

教室の一角がなにやら騒がしい。

見れば安西くんが、待田くんに写真の撮り方を教えてほしいと懇願していた。

「やだ」

「そこをなんとか！」

「なんでいきなり撮りたくなったんだよ」

「俺の好きな人が、好きなタイプは写真を撮る人って言うから」

「単純だな」

それは末広さんのことだろうかと一瞬思いながら、写真、というワードが頭に残る。

昨日の放課後、待田くんと過ごしたことが嘘みたいで、眠りにつくのにも時間がかかった。

どうして待田くんは私を屋上に連れていってくれたのか。

「あれ、どう考えてもあたしらのことだと思うんだよね」

明美が、賀川くんに呼ばれたからと言って廊下を出たあと、突然あおいが気怠《けだる》そうに言った。

〈あれ?〉

「昨日のストーリー」

〈あ、黒背景の?〉

「そうそう、瑠奈も見たでしょ? 絶対あの投稿、あたしと瑠奈にしか見えないように設定したんだよ」

〈そうなの?〉

「別のアカウントで見たら、あのストーリーなかったから絶対そう。自分だけ休んだから不安だったんじゃない?」

あおいが別のアカウントを持ってることが引っかかったけれど、今はそれについては流し、やっぱり気になっていたんだと知る。

明美に直接、あの投稿の意味を聞き出す勇気はなかった。意味があって載せたものなのは間違いないだろうけれど、誰に向けているのかはわからない。今もあっさりと出かけた。

でも、本当は不安だったのだろうか。

「構ってほしいんだろうけど、そういうとこ、ちょっと面倒くさいっていうか」

あおいから、明美のネガティブな話を聞くのは初めてだった。

「前からちょこちょこあったんだよね。明美って話を盛る癖とかあるから、たまにうんざりしてたっていうか」

〈気付かなかった〉

いや、嘘、気付いてた。

でも、今の私は円滑にこの場を流すために気付かないフリをしたらしい。

「彼氏自慢とかすごいっしょ。あれ、瑠奈にマウント取ってるのかなって思っててさ」

〈え?〉

「彼氏いる自分が偉いとでも思ってんのかね。まあ一緒にいるのは苦じゃないんだけど」

でも、あおいは気になるんだ。

ひとつ嫌なところが見つかると、どんどん溢れるように目についてしまう。

あおいから、なぜだか遠回しにそう言っているように聞こえる。

「彼氏とも最近、うまくいってないだろうし」

〈そうなの?〉

「知らない? 隣のクラスの女子と親しそうに話してるの」

あおいはきっと、遠野さんのことを言ってるのだろう。賀川くんはまだ、遠野さんと交流を続けているのか。

「今も彼氏に呼ばれたとか嘘だよ。あたしらにラブラブだとか思わせたいだけで、なんか虚《むな》しいよね」

虚しい、という一言が強烈だった。

「基本、かまってちゃんじゃない? 別にそれが悪いとは思ってないけど、昨日みたいな投稿があると、なんかげんなりするっていうか」

〈え、それはめんどいね〉

いや、そんなことは思っていない。けれど言葉の責任なんて皆無だから、この場をただやり過ごせればいいという安易な思考しかない気がする。

そういえば、自分の言葉を頭の中で見なくなってどれぐらいだろう。

まるで磁石のように離れなくなったスマホは、今もちゃんと、私が生きていくための役割を担ってくれている。

「最近は特にひどい。ほら、瑠奈明るくなったから」

〈そうかな？　自分ではあんまわからないし〉

「多分、相当焦ってるよ。それに、あたしら一回喧嘩してるから」

ふたりには似つかわしくないエピソードが飛び出てきた。

〈喧嘩って……いつ？〉

「ほら、瑠奈が廊下であたしらの話聞いてたとき？　瑠奈が帰ってから、ちょっと揉めたっていうか」

そんな話、初めて聞いた。

次の日から、明美とあおいは私をふつうに受け入れていたけれど、あのふたりは、喧嘩をしていたらしい。

「瑠奈がさ、もしかして精神やられたんじゃないかって話になって。そしたら明美、『それってあおいが瑠奈に冷たいからなんじゃないか』って言い出すの」

きっと明美は、自分には責任がないと言いたかったのだろう。

それはあおいも察していたようで。

「あたしだけ悪いみたいな言い方に腹立って。そんでちょっと揉めた。まあ、揉めたところでどうしようもないし、どんな瑠奈でも受け止めようって話にはなって」

そこには、私への後ろめたさが隠れているように見える。

おかしくなったのは自分たちのせい。だったら、これ以上問題になる前に、きちんと受け止めるという良心的な形で接していこう――。そういった結託が垣間見えて、すぐに打ち消す。

「でも、前の瑠奈より今の瑠奈のほうが断然いい」

気になってることはあった。でも気にしないようにしていた。

だけど、思ってしまう。

――私は、ふたりにとって、どんな存在なのか。

廊下で聞いたあの話は、決して本人に聞かれることを想定していなかったはず。

それを立ち聞きされて気まずかっただろうし、いい気分ではなかっただろう。

でも、翌日からのふたりは笑っていた。まるで何事もなかったかのように、水で流すみたいに、呆気《あっけ》なくどこかへ葬り去った。

あんなことがあったのに、私たちは今一緒にいるなんて変なのかな。私はあのとき、ふたりに怒るべきだったのかな。それともちゃんと話し合うべきだったのかな。

そういう面倒くさい話ならどんどん浮かぶ。

でも消す。どんどん消す。

私は笑ってる。本当の自分を否定されているのに、まるで気にしない顔で笑ってる。

〈そうかな？〉

「えー全然だから。前の瑠奈は思いっきり根暗だったけど、今は垢抜《あかぬ》けたもん」

あおいになにを言われても傷つかない。へえ、そうなんだ、で流せてしまうのも、変わったからだろうか。

〈うれしい。ちゃんと垢抜けてる？　最近、誕生花占いも見るようになって意識してるんだよね〉

「お、瑠奈も見てんの？　何座？」

〈乙女《おとめ》座だよ。今週の運気、稀に見る絶好調が続くみたい〉

「なにそれ、あたしのとき、最悪だったのに」

〈いいでしょ～〉

本当に、ネットの言葉ならどれだけでも調子よく返せる。

占いなんて見てもなかったくせに適当なことばっか口走って、結果あおいから「絶好調とか書いてないじゃん」なんて指摘されても、〈え、じゃあ別の占い見てたかも〉なんておどけることさえ許される。

「占いってサイトによって書いてること真逆だったりするよね。あるあるだわ」

〈でしょ？　あおいの影響で占いとか見るようになったんだから寝不足の責任取っ

て〉

「やだし。ちゃんと寝なよ」

「なんの話？」

あおいと占いで盛り上がっていると、明美が教室に戻ってきていた。

〈占いサイト見ててさ、明美は何座？〉

「うち、天秤座《てんびん》」

〈あー天秤は、……落とし物に気を付けましょうだって〉

「なにその無難な忠告」

するりと明美が会話に入ってこられて安心する。よかったと思うのに、違和感だけが残っている。

さっきまで、少し棘の含んだ話をしていたから、喉がざらざらと気持ち悪い。

明美は本当に賀川くんと会ってきたのだろうか。あおいが言うように、嘘をついていたのかもしれない。

でも、私もあおいも、明美には聞かない。

「しかも明美、恋愛運ビリなんだけど」

「ええ！　言わないで！　うちそういうの信じるタイプだから」

あおいもまた、明美といつも通り会話を続けている。さっきまでの会話がまるでなかったかのように風化されていく。

こんな風に、私もふたりの間で話のネタにされていたのだろうか。私がいないところで悪く言われていたのか。

途端に、ふたりが顔を見合わせ、意味ありげに笑っていた顔を思い出す。

もう終わったことなのに。今は友達として笑っているのに。心の中が乾いていく。

なんでだろう。なんで今、あんなことを思い出してしまうのだろう。

「ちょっと瑠奈、聞いてる？」

明美に話を振られ、現実に戻される。

今のふたりは私を仲間はずれにしようとしない。会話の輪から外れそうになると、すぐに引き入れてくれようとする。

だから大丈夫。前みたいに戻ることもない。

〈ごめんごめん、なんか次元超えてた〉

「その返しはさすがに笑う」

私はもう、前の私じゃない。

スマホをぎゅっと強く握りしめる。

これがあれば、私はふたりと一緒にいられるし、ハブられることもなくなる。

ふと、待田くんと目が合って、どきっとする。

こうして目が合うことばかり増えて、それは自意識過剰なのか、それともそうではないのかの判断がつかない。

「……………」

けれど、作り上げた私というものを見られていたのかと思うと、少し気まずさを覚えた。


放課後、いつものように明美とあおいと別れた。

今日は、補習がない日だったけど、まっすぐ昇降口に行くのは気が引けて、写真部の掲示板へと向かう。

【夜永】と命名された写真が、ずっとここにある。

この写真を見るとなんだか落ち着いた。理由はわからない。

「みーつけた」

声がして、けれどその声の主を辿って後悔する。

「この間はどうも」

いつの日か、桜庭さんのお金を盗った先輩が、にたりと笑いながら歩いてくる。

ぞわりと背中を這ったのは恐怖だった。

「へえ、いい写真だよねえ。これ見てたの?」

〈……なんですか?〉

「え、世間話しちゃいけないわけ?」

嘲《あざけ》るように目から口へかけて冷笑が動く。

「あのあとちょっと大変だったんだよ。お前のせいで」

〈………〉

「あれ、この前の威勢は? なんか俺に突っかかってきてたけど」

〈そんなつもりはないです、ただ――〉

「正論って立派な武器だよな」

苦手だと思うような香水の匂いが容赦なく降り注ぐ。

思わず、うっと顔をしかめた私に、先輩は「うざ」と笑う。

「窃盗とか疑われてさ、学年主任呼び出し。この時期にやめてほしいと思うだろ?」

〈………〉

「就職に響くとか脅されるこっちの身にもなってほしいわ。お前のせいであやうく卒業後は無職になるとこだったし」

先輩の背後で、気まずそうに視線を落とした生徒たちが次々に去っていく。先輩が私への距離を縮めた。

「三年のこの時期だぞ? それがどういうことか、お前わかってんの?」

〈あれは、先輩がお金を――〉

どん、と鈍い音が廊下に響いた。私の身体すれすれに先輩が壁を蹴った。

「盗ってねえって」

〈防犯カメラに――〉

またしても壁を蹴り上げられ、先輩のスリッパが私の脛《すね》を掠《かす》めていった。わざとだ、と気付いたときには摩擦《まさつ》で熱くなっている。

「は？　なんて？」

〈私以外にも見てた人はいると思います〉

防犯カメラじゃなくとも、あそこにはたくさんの人がいた。

証言はいくらでも出てくるはずだ。

「見てた奴って誰だよ。連れてこいって」

〈それは……今は〉

「俺は別に怒ってるわけじゃねえんだよ。ただ、謝れって言ってんの」

〈え〉

「嘘ついてごめんなさいって、迷惑かけてすみませんって言えば許してやるんだよ、こっちは」

どこに私が謝る要素があるのだろう。そんな必要はないとわかっているのに、威圧感と、今度は自分が蹴られるんじゃないかという恐怖に足が竦む。大丈夫、大丈夫、と言い聞かせるのに、大丈夫になれない。

ネットの言葉がある限り、どうにでも言い返せるのに、今はそれが遮断されている。

恐怖には打ち勝てない。

怖い。怖くて、たまらない。

〈すみませ――〉

「俺も見てましたよ」

ふと、その恐怖が弾き飛ばされたような、光が差し込んだ。

振り返れば、今から帰ろうとしている待田くんが立っていて、先輩をじっと見ている。

〈待田くん……〉

安堵が喉からそっと落ちていく。

「あ?」

「先輩がお金盗ってくの見てたんで」

臆することのないその態度は、どれだけ先輩に睨まれても怯むことがない。

「だから、こいつに謝らせるのって間違ってるんじゃないですか」

淡々と、けれども微かに怒りのようなものを宿した双眸《そうぼう》が私を突き抜けていく。

　女子生徒に冷たく当たるのはよく見かけたけど、同性に対しても同じようにするところは初めて見た。いや、初めてではない。小学生のときも、上級生にこんな目を向けて怒っていた。

「はは、マジになんなって。冗談じゃん、冗談」

皮肉な微笑が、先輩の口元に浮かんだ。

「いやあ、一年って可愛いね。こういうことも通じないんだ」

「…………」

「睨むなって。わかったわかった。でもさ」

先輩が待田くんの横をすり抜けるように歩いていく。

「──ヒーロー気取りしてんじゃねえぞ」

立ち去り際に先輩が放った一言。

「……っ」

それを聞いた途端、冷たかった待田くんの顔色に熱が浮かんだ。

なにも言うことはなかったけど、なんとなく空気感が変わったような気がする。

〈待田くん、あの〉

「……ヒーロー気取りして、なにが悪いんだよ」

〈え？〉

小さく聞こえた本音が、空気の中に消えた。はあ、と深く、深く、ついた溜め息の中には、一体なにが込められていたのだろう。

話しかけなきゃと、気持ちが焦っていると、もうひとりの私が出ていく。

〈ありがとう。ええと、待田くん、あのとき購買部にいたんだね〉

「いない」

〈あれ、でもさっき〉

「あんなの嘘に決まってるだろ」

嘘……？

「俺は、あの人と、奥平、どっち信じるかってなったら、奥平を信じるってだけ」

飾り気のないまっすぐな言葉。信じてくれている人がいるというのは、こんなにも心強いのか。

また〈ありがとう〉が出ていきかけると、待田くんが前髪をかき上げて、掲示板に貼られていた自分の写真を見た。

「見せたいもんがある」

先輩が消えた方向とは真逆の、昇降口へと向かっていく。

まるで私が追いかけてくるのは当然だと言わんばかりの背中には、振り返るなどといった動作は一度もなかった。

校舎を出て向かったのは、私たちの地元のある方角だった。待田くんの家をなぜか知っていたのは、小学生の頃によく遊んでいたからかもしれない。不思議と、あの子はここ、あの子は向こう、などと把握していたあの頃。けれど、私たちが住む地域のさらに先へと待田くんは歩みを進めた。

〈どこに行くの？〉

「言わない」

そんな返しをされてしまうと、さすがにもう突っ込めない。

昨日話したときは、もう少し壁がなかったような気がするのに、今はまた、分厚い壁に隔たれてしまっているようで遠い。

なにを考えているのだろう。なんで、待田くんは、急に私を連れ出したのだろう。

〈あれ、ここ〉

もしかして、と思うより先に待田くんが足を止めた。

目の前には葉を失った桜の木。とても大きな木で、四方八方に伸びる枝が倒れてこないように白い支柱で支えられている。

〈滝桜〉

今はもう姿を変えてしまっているけれど、春になると、桜が桃色の花を無数に咲かせ、何百人という観光客を魅了する。流れ落ちるように見える桜だから〝滝桜〟。

滝桜へと続く道沿いには、桜の木を囲うように黄色い菜の花が咲き乱れる。そして桜の木の下は緑が一面を占め、その景色が真っ青な空によく映える。ぐるりと桜の木の周りを一周できる作りになっていて、春になるとライトアップされ、より幻想的な世界が彩られることで有名だ。

けれど。

〈どうしてここに？　それに今は……〉

春は人で溢れる。でもシーズンを終えてしまうと、めっきりと人が減る。

今だって、私と待田くんしかいない。

「中学のとき、この滝桜の写真を撮った奴がいたよな」

流れるように、待田くんの声が聞こえた。

大きく心臓が胸を叩いた。

覚えている。その記憶は、きっと私の記憶から一生消えることはない。

〈うん〉

「じゃあ、なんで枯れた木なんだって誰かが言ったのは？」

瞬時に過去へと引き戻されるような感覚だった。頭の中には鮮明に、より強く、あのときの映像が映し出されている。

『冬もいいよね』

『でもなんで冬に撮ったんだろ』

『なんか神秘的』

『私なら綺麗な状態の春を撮るけど』

中学二年の秋。

窓からはグラウンドで真っ赤に燃える紅葉と、星のように光る銀杏《いちょう》の木が見えていた。

総合学習の授業で〝好きな写真を一枚用意する〟という課題があった。

生徒から写真を募った担任は、翌週、名前を伏せて発表していった。それを見た生徒たちが、誰のものかわからない写真に思い思いに感想を口にしたあの授業。

その中で最も注目を浴びていたのが、冬に撮影された滝桜の写真。

「そいつは、雪景色の中にある滝桜を撮った」

よく覚えている。

春とは対照的に、白と黒しかない写真。桜が雪となり、辺り一面も真っ白だった。

決して周囲の反応が悪かったわけではない。各々《おのおの》、抱いた感想を言い合う中で、誰かが言った。『なんで枯れた木なんか撮ってんだ』と。

「そうじゃねえだろって、俺は言えなかった」

〈うん〉

私も思ってた。そうかもしれないし、でもまた別の意味もある一枚なんじゃないかって。

「そしたら、奥平が言ったんだよ」

『――これは、春を待ってる……一枚だと思います』

心臓がバクバクして手が震えて、呼吸が浅くなって、それから思い切って声を出した。自分では大きく声をあげたつもりだったけれど、実際にはとても弱々しくて、クラスメイト全員に聞こえるようなものではなかっただろう。けれど、我慢ができなかった。枯れた木だったで終わってしまうなんて、すごく悲しいと思ったから。

「なんで、春を待ってるって思った？」

あの一枚を思い出す。周囲の声をかき消して、あの瞬間だけに集中する。

じっと春を待つ姿もまた、美しいと思った。みんなに称賛される春だけではなく、注目はされないけれど、しんしんと降り注ぐ冷たい雪の中で、ただ静かに、春を訪れることを待ってる姿が印象的だった。

〈なんでだろう。雪も綺麗じゃんって思ったんだよね〉

ううん、そうじゃない。

春は必ず来る。どんなに綺麗な桜にも、孤独な時間というものはあって、それを美しいと表現してしまうことは間違っているのかもしれないけれど、でも綺麗だと思ったのだ。

雪は解け、水となり、そうしてやがて、周囲に渇望され、祝福される姿へと変化を遂げる。その様を、冬に撮ったということに意味があるはずの一枚な気がした。

〈枯れた木なんてひどいよね〉

別に枯れた木だと思うことも間違いではない。そう感じることは、その人の感性だ。ただ、他人との違いを『そういう考えもあるんだね』と受け入れるだけの世界であってほしい。春を待つという私の意見だって『へえ、そう考えるんだ』で流してほしかった。

『瑠奈ちゃんって目立ちたがり屋なんだね』

『あそこであれ言うって空気読めなさすぎ』

でも、そんな都合のいい世界になんて、なるはずもなかった。

〈あのときの私、周りからしたらなに言ってんだって感じだったよね〉

傷ついた。仲がよかった子たちに裏で陰口を言われていることが。笑われていることが。あのときも、私は立ち止まって聞いていた。逃げ出したいのに逃げ出せなくて、耳を塞いでしまいたかった。

「……すっげえ頑張って言ったんだろうなって、奥平を見て思った」

ずっと引きずられたままの過去を、今、待田くんと共有している。

「自分の意見を言ってた奥平はかっこよかったよ」

〈……そんなことない〉

「でもさっき、謝ろうとしてただろ」

〈それは……〉

おそらく、謝ったほうが早く解決すると判断したのだろう。謝ってしまえば、さっさと終わると思っただけの話。でも、本当は謝りたくなんてなかった。

「奥平らしくないと思った」

それを待田くんは見抜いてくれていた。

「春を待ってるって、そう言ってたときみたいに、怖くても自分の意見を言う奥平のほうがいい」

〈あんなの黒歴史だよ〉

あの一件のせいで、結局、友達からもクラスメイトから無視されるようになって、空気が読めない子として孤立していった。言わなきゃよかったとどれだけ後悔しても時間は戻らなくて、私にとっての黒歴史でしかない。

〈私、あれで仲間はずれにされたからさ、失敗したんだよ〉

頑張ったっていいことなんてない。

だから自分の意見を隠すようになって、高校ではやり直そうと思っていたのに。

「失敗なんかじゃないだろ」

〈え?〉

「あの写真を撮った人間からすれば、救われたんじゃねえの?」

結局、誰が撮った写真だったのかはわからないまま。私のつたない感想なんて迷惑だったんじゃないかって、あとから反省もした。

「俺だったら救われるよ。あのときの奥平の言葉」

〈そうかな?〉

「だからいい加減、前の奥平に戻れよ」

——え。

滝桜から、ゆっくりと、待田くんへと視線を移した。桜の木を見上げていた待田くんは、目だけ私へと向けた。

「今の奥平って、誰?」

木が、ざわりと揺れた。

「ずっと、奥平じゃない誰かが喋ってる」

声が、出なかった。

なにを言われたのかも瞬時に理解できない。

「話してて違和感しかない。あれだけの勇気を振り絞った言葉が、雪も綺麗だからって理由だったなんて納得できない。もっと別の意味があったはず」

〈や、やだな、なに言って――〉

「スマホ」

〈……っ〉

「奥平が変わったきっかけってそのスマホだろ」

肩が跳ねた。反射的にスマホを握った。

欠かせないツールを、見破られるはずのない秘密を、ファインダー越しに見られているような気分だった。

真実を映す目。その瞳が私を射貫いている。

「スマホシンドローム」

待田くんが言う。

「千堂が授業で言ってたの、覚えてるだろ。思春期スマホシンドローム」

どこを見ていたらいいかわからなくて、ただローファーの爪先だけを見た。

「どういう原理なのかは知らない。でも、どう考えても今の奥平はおかしい」

おかしい。変。

私が変わってしまったことを、待田くんだけが真剣に捉えている。

『やっぱ今の瑠奈のほうが話しやすいわ』

あおいの言葉が蘇る。

今の私は、自分が望んでいたように変われている。それはとてもいいことで、悪いことではないはずだった。

けれど、待田くんはそうじゃない。わざわざ私をここに連れ出してまで、あの写真を思い出させてまで、今の私はおかしいと訴えている。

〈私、は〉

【──】

言葉が黒く塗られていく。自分の言葉を探そうともしなくなった。真っ黒な海の底に沈んでいる言葉を、引き上げようともしない。

なにも浮かばない。自分の言葉がなにもわからない。

「もしあの症状なら──」

〈あはははは！〉

高らかに笑った声。

〈関係ないでしょ〉

とても低い音が、喉の奥で鳴った。

自分から発したものだと気付いた瞬間、怒りとともに、笑い崩れる感情が怒涛《どとう》のように襲ってくる。

〈待田くんには関係ないじゃん〉

なに、これ。どうしたの、私。

〈おかしいとか、ちょー失礼なんだけど〉

やめて。ねえ、やめてよ。

笑いが止まらない。でも怒ってる。私はものすごく怒ってる。

「奥平」

〈はあ、なにこれ。笑える〉

笑えない。笑えないよ。

「奥平！」

〈やだな、聞こえてるって〉

「奥平!!」

〈やめてよ！〉

手が宙に浮いた。腕が伸びて、待田くんの両肩を力いっぱい押していた。

私の意思なんてどこにもなかった。言葉も、感情も、行動も、全部、私の思考とは別の場所で動かされていて、それはもう自分ではどうにもできない範疇《はんちゅう》だった。

悪化、している。

【気に入らない人とは一緒にいなくてもいいです】

スマホの画面に表示された、場違いなほどの光と、アドバイス。

気に入らないなんて思っていない。私は、待田くんから投げかけられた言葉を受け止めたかった。なのに、拒絶している。

〈私がおかしいなんて――〉

思いっきり口を塞いだ。自分の声を遮るように、まだ喋ろうとする自分に、初めて制限をかけた。

「奥平！」

その場にいられなくて、勢いよく駆け出した。

あのままでは、私はもっと待田くんにひどいことを言ってしまう気がする。思ってもいないことを、どんどん口にして、取り返しのつかない言葉を待田くんに向けてしまう。そんなの嫌だ。

走って、走り続けて、もう限界だと叫びたくても、走ることだけはやめずに。けれど、小さな段差に躓《つまず》いて身体のバランスは大きく崩れた。

〈いった〉

転んで、思わず口から出たのは、私の言葉で、私の言葉ではない。

小さくなったはずの膝の傷が、絆創膏の上から上書きするように、新しい傷を作っていた。

〈痛いよ……〉

これは誰の言葉？

「バドミントンだから、ふたり一組のペア作って」

翌日、私が最も嫌う宣告を高々と口にした先生に、ざわざわと不快な音が流れた。

男子はグラウンドでサッカーをやっていて、待田くんの姿を気にしなくて済むことに安心している矢先の発言だった。

「えーっと」

明美があからさまに困惑した顔を見せる。

こんなとき、決まって明美とあおいはすでにペアとなり、決定事項かのように見せつけられていた。

〈じゃあ私、違う子と――〉

「瑠奈、一緒にやろうよ」

あおいが、突然私の腕を引っ張り、自分の隣に立たせた。

「え」

周囲がペアを続々と決めていく中、明美の表情に緊張が走る。もちろん私も、なにが起こったのか理解ができなかった。

「たまには瑠奈とも、って思って」

あおいは「ね？」と私を見て同意を求める。ちらりと明美を見れば、

「……そうだよね、いつも瑠奈に悪いと思ってんだ」

からっと、口角を上げ、笑っていた。

「そうそう、あたしら瑠奈に悪いことしてきちゃったし」

「だね。たまには私が別の子と組むよ」

ひとつも文句をこぼすことなく明美はすっと私たちから離れ、三人一組でいる女の子たちに声をかけていた。その背中はとても気丈に見えたけれど、今、明美がなにを考えているのか、私には手に取るようにわかった。

明美はすごく不安に思ってるはずだ。今度は自分がハブられるんじゃないかって。仲間はずれにされて、ひとりで孤立していくんじゃないかって。

口角がわずかに痙攣していたことを、あおいだって見抜かなかったわけではないだろう。無理して笑う明美は、明らかに戸惑いを滲ませていた。

【不安】

明美がＳＮＳで吐露した、あの黒字の背景を思い出す。

きっと、私は明美を傷つけた。ひとりにならなかったのに、この状態を望んでいたはずなのに、ちっとも心が晴れない。

「瑠奈、ラケット取りに行こ」

〈あ、うん〉

それなのに、おそろしいほど、私は笑みを湛《たた》えている。


体育を終え、次は書道の授業だった。

着替えを素早く済ませている間、明美は私たちになにも言わなかった。

不穏な空気を察知しながらも「次が書道とか萎《な》える」といつも通りを装い、そのことに、あおいもまた変わらず返していた。

書道室に向かう間も、明美はドラマの話を努めて機嫌よく話しているように見えて、その空回りした笑みの裏側を、私は見て見ぬふりをした。

斜め前に待田くんが座る。

その背中を見て、何度も声をかけたくなった。

昨日はごめんなさい。そう一言謝りたいだけなのに、どんな顔をして話しかければいいのか、そもそも私と話してくれるのか、怖くてずっと話せずにいる。

「奥平瑠奈さんとはあなたですか？」

書道の授業が終わり、明美と廊下へ出ようとしたところで千堂先生に呼び止められた。

人の名前を覚えないことで有名な先生が、私を名指ししたことに驚き、隣にいた明美も同じ反応を見せていた。

「少しお話しできませんか」

それは遠回しではあるが、明美に席を外してほしいというニュアンスで、いち早く察した明美は「じゃあ先に戻ってるね」と書道室を出ていった。

「急にすみません。僕、こう見えて中学生の作文コンクールの審査委員も担当してまして」

こう見えての前置きがいまいち読めず、〈はあ〉と気の抜けた返事が出ていく。

しかし私の返事には興味がないようで、千堂先生は私の目をじっと見た。

「先日、過去の受賞作を読む機会があったんです。なにぶん、僕は去年からの新参者ですから、ここは今一度過去の作品を読むべきかなと思い立ちましてね。その中でやけに光る言葉たちに出会ったんです。まさかあなたの作文だとは思いませんでした」

ふと、中学生のときに取った賞を思い出す。

「二年前の作文コンクール、最優秀賞があなたの作文だと知って、話がしたくなりました」

どんな内容を書いていたのかさっぱり思い出せない。

ただ唯一覚えているのは、お母さんに褒めてもらえるのではないかという期待と、見事に裏切られたということだけ。

まさかこのタイミングで、そして千堂先生に見つかるなんて。

「母と娘というテーマで書かれたあの文章は素晴らしかったです。真剣に一文字一文字書いたんだということが伝わって、納得のいく作品です。けれど、あの言葉の威力を、僕は出会えばわかるはずなんです」

ふと、千堂先生の目が細くなる。

「今日、あなたの字を見て確信しました。あのときのあなたと、今のあなたは別人だと」

なにも言い返せない。ハッキリと別人だと言われたことがなぜこんなにも悲しいのだろうか。あおいに変わったと言われてうれしかったのに。今はうまくいってるのに。

「なにがあったのかは問いません。ただ、もったいないと思っただけで」

〈……人って変わるじゃないですか〉

「ええ」

〈今の私だって私なんですから、もったいないとか無責任なこと言わないでくださいよ〉

なに言ってんの、私。

悲しいはずなのに、言葉には怒りが込められている。

これもスマホの影響なの？

〈それって、今の私を否定する言い方ですよね〉

なんで、こんな怒ってるの？　どうして制御できないの？

「それは失礼しました。傷つけたなら謝ります。そういう意味ではないんです」

〈いじめてるのにいじめてません、とか言うのと一緒ですよ、それ〉

感情が爆発しそうになる私とは裏腹に、千堂先生は至って冷静だった。

その温度感がちぐはぐで、うまく溶け込めない。私ではない私が弾き出されていく。

先生、聞かないでください。これ以上、私の言葉に耳を傾けないでください。

〈勝手に変な期待しないでくださいよ〉

最低な捨て台詞《ぜりふ》を置いて私は廊下に出た。

溢れ出る憎悪《ぞうお》は、決して千堂先生に対するものではない。自分だ。全部自分自身に向けられているもの。

ありがとうございます、とそう受け取っておけばよかったのに。

うまくやれる方法なんていくらでもあったのに。

「あ」

聞き慣れた声に顔を上げる。見れば、明美が書道室の前に立っていた。

おそらく私と千堂先生の会話も聞こえていたのだろう。

「なんかごめん。その、気になって」

〈盗み聞き？〉

明美に対して、こんなにも恨めしい声音が出たのは初めてだった。

今の私は、とことん最低になっている。

「え……」

明美の顔がまたしても引きつる。

「ご、ごめん。そういうのじゃ」

〈戻ってるんじゃなかったの？〉

本当はわかっている。

明美は今、あおいの近くにいることを避けたいと思っているから。

体育の件で、いつもと状況が違うことを察したのは私だけじゃないはず。だから、私がふたりからハブられるようになった、あの直前の雰囲気に、明美は勘付いている。

『ごめん』を繰り返してしまうのは、ひとりになりたくないから。

大丈夫だよ、と言ってあげたいのに――。

〈聞かれたくないから戻っててほしかった〉

やめて。今、明美を責めないでよ。明美の傷口を広げたいわけじゃないのに。不安の予兆を感じてしまう恐怖は私が一番わかってるのに。なんで私、こんなこと言っちゃうの。

「……ね、そうだよね。ごめん」

またひとつ、私は明美を傷つけた。

おかしいほど、自分ではもうコントロールができない。

私、なんでこんな最低なの？

あれから明美とぎくしゃくしたまま放課後になってしまった。

私は英語の補習を受けてから、自然と待田くんの撮った写真が貼られた掲示板を見に行った。

【夜永】

ずっと、ずっと、夜に閉じ込められているような気分だった。

私は今、最強の武器を手に入れた。そのおかげで友達から仲間はずれにされることはなくなった。それで正解のはずなのに、間違っているようで苦しい。

どんどん周りを傷つけていく。私の言葉は今、誰かを傷つけていく。

──助けて。

頭の中の言葉が黒く塗りつぶされていく。

本音をかき消すように、私は、私を失っていく。

お願い、誰か気付いて。
私が私ではなくなってしまう前に。お願い、助けて——。
「奥平」
その声が、どうして、彼だけには届くのだろう。
どうして今、彼——待田くんがここにいてくれるのだろう。
〈っ……〉
「なにしてんの」
避けられてもいいはずなのに、私に声をかけてくれるその音は、とても温かい。
〈……ねえ、待田くん〉
ごめんね、昨日はひどいこと言って。突き飛ばして、逃げて、ごめんね。
〈この写真ひどいね〉
違う。
違うよ、待田くん。
私はそんなことが言いたいんじゃないんだよ。そうじゃないの。
誰も傷つけたくない。私の言葉で誰も傷ついてほしくない。
〈私、この写真、なんか嫌いだな〉
聞かないで。こんな醜い言葉、待田くんに聞かれたくない。こんなこと思ってない。

私はこんなこと思ってないの。思ってないのに。

ふと廊下の窓を見て絶句した。

私、笑ってるの？

笑って——泣いているの？

とっさに頬へ指を伸ばし、それから確かめるようになぞる。

いつから泣いていたのだろう。どうして涙を流していることすら気付かなかったのか。もうそれだけ、私は手遅れなのだろうか。本当に、おかしくなってしまったのだろうか。

待田くんに見られたくなくて、けれど今さら遅いということもわかりながら顔を背ける。

自分で制御できないことが怖い。自分のことなのにコントロールが利かなくて、ぼろぼろ醜さが露呈しているようで受け止められない。

〈私——〉

ふと、左手首を掴まれた。

「なにも喋らなくていい」

〈つ〉

「なにも、喋らなくていいよ、奥平」

待田くんの手から熱が侵食していくように広がっていく。

長い睫毛の奥、その瞳には、私がどう映っているのだろう。

目が合い、しばらく離せなかった。

見ないでほしいのに、本当の私を見てほしい。

そんな矛盾ばかりが心の中を忙しなく駆け巡っていく。

「喋ろうとした結果が今の奥平なら、言葉なんか消せ。奥平が本当に伝えたい言葉が出てくるまで、もうなにも言わなくていい。それまでの言葉は、奥平の言葉じゃないはずだから」

陽光が差し込む廊下に、待田くんの声だけが静かに響く。

求められているものを喋りたかった。

人間関係がうまくいくように、それだけを願っていたら、前の私が消えた。

けれどそれでいいと思っていたんだ。だって驚くほど、明美とあおいとの関係が修復されて、綻びがなくなって、受け入れてもらえるようになったから。

だからよかったはずなのに。

私は、今の私でよかったはずなのに、どうしてこんなにも拒絶が生まれているのだろう。

「奥平」

〈っ〉

「今のままでいいのか」

誰も本当の私はいらないと思っていた。

「俺は、前の奥平のほうがよかったよ」

自分自身でさえも嫌っていたあの頃の私を、待田くんだけは見てくれていた。よかったと、そう言ってくれた。

まるで空気みたいに、見えないものとして扱われていた。

中学のときに失敗して、高校でも失敗した私なんて、もう価値はない。勉強もちゃんとできない私なんて、家族からも必要とされていない。

けれど、そんな私でも見てくれている人はいるんじゃないかって、突然現れた誰かが私のことを認めてくれるんじゃないかって。どこかで言い聞かせるように過ごしていた。

そうじゃないと、生きていけなかった。

たくさんのことを無理して納得させて、必要とはされていないけれど、それでも逃げることはできないから、せめて生きていくための理由がほしかった。

その理由とは、一体なんだったのだろう。

ただひとつ、ハッキリとわかっているものがある。

――今のままでいいわけない。

そう思うのに、言葉はすぐに消されて、偽りの自分がひょいっと顔を出そうとする。

「私……はっ」

少なくとも、私は今の自分のことをもっと嫌いになっていく。

今の自分を克服したい。

誰かを傷つけていく自分なんて嫌いだ。

私は変わりたい。誰も傷つけない強さを持ちたい。

「こ、んなの――」

声が途切れていく。私の言葉が消えていく。

それを待田くんは黙って見ている。偽りでも、誰かのものでもない、私自身の言葉を待つように。

けれど、それ以上は出てこなかった。出ていこうとする言葉はあるけれど、でも、それは私の言葉ではない。

「待ってるよ」

それはきっと、今だけじゃない。そのときが来るまで、いつまでも待っていてくれるような、そんなニュアンスの『待ってるよ』に聞こえた。

第四章

冬に染まった滝桜は、枯れ葉も消え、さっぱりとしている。気合を注入するように大きく息を吸った。肺にめいっぱい溜め込んだ酸素を、ゆっくりと吐き出す。それから、滝桜を背にして学校へと向かう。

『待ってるよ』

風にのせられて、昨日の待田くんの言葉が流れた。

今の自分を克服する。そのために私は変わりたい。けれど、どう変わればいいのか答えが見つかったわけじゃない。

手元のスマホをぎゅっと握る。決して、直接磁石でくっついているわけじゃないのに、離れていかない。これがないと私は話すことができない。

「おはよ」

学校の校門を抜け校舎へと入ると、先に到着していた明美と合流した。

〈おはよ〉

明美とのぎくしゃくした関係は昨日だけで、今日はリセットされたようだった。

それも、明美が意識的に心掛けているように見えて、謝らないといけないのに、そのタイミングが見出せない。

「おはよ、瑠奈」

背後からあおいの声がして振り返る。

長い前髪をかき上げながらスリッパに履き替えるあおいの前には、私と明美がいたはずだ。なのに、今あおいは私の名前だけを呼んだ。

「ってか聞いてよ。この前、彼氏と潮時って話したじゃん？」

〈え、あ、うん〉

「いよいよもう無理かも。向こう、高校生の私に金貸してとか言い出して」

〈嘘、なにそれ〉

「どう考えても持ってるわけなくない？　さすがに冷めたっていうか」

「──え、潮時ってどういうこと？」

ようやく明美が引きつった笑みで口を開く。その問いかけに対して、あおいは「あー、ね？」と私を見る。

「もしかして、彼氏とあんまりうまくいってない……？」

「まあ、そんなとこ？　ってか瑠奈、毎日補習残ってんの？」

〈うん、残ってる〉

「だるっ、よくやってるわぁ。だってさ、瑠奈は補習受ける必要なかったんでしょ？」

〈親が厳しいんだよね。わざわざ学校に電話したりとかして〉

「マジかよ。親ガチャ最悪だわ」

会話が、自然と明美抜きで進んでいく。

視界の端に映る明美は、私たちから視線を外して、口を一直線に結んでいた。

私と明美の立場が、明らかに変わった。三人グループはうまくいかない。必ず二対一に分けられてしまうし、会話だって難しい。その中で、ひとりになるのは決まって私だったのに。

「ってか瑠奈、コーヒー牛乳買いに行くのついてきてよ」

〈うん〉

明美がその場に取り残されるように置いていかれる。

変わろうと、決意するために滝桜の前まで行ったのに。変わり方がわからなくて、スマホに操られたくないのに、私は拒絶することさえできない。

歩みを進めてはいけない。このまま明美をひとりにするのはおかしい。

――でも、本当に？

明美だって私に同じことをしていたのに？

追いかけてくる私のことを、くすくすと笑っていたのに？

なのに、明美をひとりにするのがおかしいなんて本気で思ってるの？

明美だって、私を都合よく使って、平気な顔で日常を過ごしていた。どれだけ私がつらかったか、どれだけ私が消えたいと思っていたか、明美はわからない。

あおいとだって、笑い合っている場合じゃない。明美と同じ立場だったのに、なんで私、こんなにも明美を除け者にしようとしているんだろう。

それは最初に仲良くなったのが明美だったから？

それとも明美が私じゃなくて、あおいを選んだから？

スマホが光った。明美をハブることが正解だという回答が表示されている。

『うちら、一生一緒だよね』

明美と前に、そんな安い台詞で友情を深めた時期がよぎる。それはとても大切な繋がりだった。私にとって、あの笑い合った日々は今も消えていない。

最初に裏切ったのが明美だから、同じことを返そうとしてるのかな。

たしかに傷ついた。ふたりの前にいると、消えてしまいとも思っていた。

でも、私は明美をひとりにさせたくない。

こんなの私じゃない。これでいいわけがない。

わかってた、本当はずっとわかってた。

振り返る。

〈あけ――〉

そう呼びかけて、声が絞られる。明美の隣には、賀川くんが寄り添っていた。

「なあ、ちょっとおかしいだろ」

放課後、数学の補習に向かう途中で、賀川くんが目の前に立ちはだかった。

「明美が元気ないのって、俺の気のせいじゃないよな?」

賀川くんから話があると言われたとき、隣には明美もあおいもいなかった。

明美は部活に向かったし、あおいはバイトがあると言って早々に教室を出ていった。

もちろん、待田くんもいない。私がひとりになるタイミングを、おそらく見計らっていたのだろう。

〈おかしいって言われても〉

「だって、明美が元気ないの知ってるかって聞いたら、知らないって答えるのおかしくね? 気付かないわけねえじゃん」

数人の生徒が、気にするような視線を私たちに投げかける。

もっと人がいないところで呼び止めてくれればよかったのに、わざわざここで話をするという配慮のなさに苛立ちを覚える。どこまでも自分のことしか考えていない。

〈だから、そう言われてもわからないよ〉

「いや、だって明美のこと仲間はずれにしてるし」

〈え?〉

「明美が言ってたんだよ。あんま友達とうまくいってないって。それってあんたらだろうが」

やっぱり、あのとき明美は賀川くんに話していたのだ。

「この前は俺に友達として説教じみたことしてたくせに、それもおかしくね？」

〈友達だよ〉

「友達だったらハブらないだろ」

〈それは……〉

「今日の朝、たまたま見たんだよ。明美を置いて、あんたらふたりが自販機に行くの。それおかしいだろ？」

もう数学の補習が始まるのに、賀川くんは私を逃がすまいと解放してはくれない。

〈とりあえず明美と話すから〉

強引に賀川くんの横を抜けようとすれば、思いっきり手首を掴まれる。

「まだ話終わってないんだけど」

〈話？〉

「遠野のこと、あんた絶対勘違いしてるよな？」

〈勘違いって〉

「あんた、男友達とかいないだろ」

なにをいきなり言い出すのだろうか。

ぐっと眉間に力が入る。

「いないから、俺と遠野の関係も理解できないんじゃねえの？」

〈……そうだね〉

「自分が理解できないからって人に八つ当たりすんなよ」

なんで、そんなことになっているのだろう。

怒りがぶわりと湧き上がる。

あのときの私の言葉を、八つ当たりだと表現し、自分をまだ正当化しようとしているなんて。わざわざ話をぶり返してまで私を否定するのが理解できない。けれど、そんなことは正直どうだっていい。無性に腹が立つけれど、今は相手にしている暇がない。私は、数学の補習に行かなければいけない。

〈わかった、そうだね〉

それに、万が一、明美にこんな状況を見られて誤解されるのも嫌だった。

明美との関係が悪くなっているタイミングで、賀川くんが私の手首を掴んでいたと知られれば、変に誤解されてしまう。話の内容がどうであれ、彼氏まで取られたなんて思われたら最悪だ。明美のことをなんとかしたいと思っているのは私だって同じなのに。

〈じゃあ私、補習あるから〉

手を振り払い、そそくさと廊下を歩く。

賀川くんはまだなにか言いたげな顔を見せていたが、そんなことはどうだってよかった。

なにを話しても通じない相手というものはいる。

話し合えばわかり合えるなんて、あんなものは夢物語でしかない。

結局、賀川くんのせいで補習は五分遅刻して、軽く注意を受けてしまった。


「二年からは商業を選択しなさい」

帰宅すると、開口一番にお母さんが私に言った。

リビングのソファに座っていたお母さんは、私の顔を見ようともしない。

〈え、なんで？〉

「商業科のほうが就職先に困らないでしょう」

〈私、大学は進学するつもりでいたけど〉

「進学って、今さらなにを勉強するの？」

お母さんが、突然こんなことを言い出した意味がわからない。

今まで勉強することを強いられてきた。今だってそれは変わらないはずなのに、急に大学ではなく就職の話にすり替えられた。

「ほら、お隣の坂木《さかき》さんの息子さん、あんまりいい大学行かなかったでしょう？」

今度は、急にお隣さんの話だ。

「今はキャバクラの黒服やってるそうよ。大学出たのに結局、中卒でもできるような仕事に就いたんだから坂木さんもお気の毒よね」

なんてことはない顔で、人の家庭に同情し、そして自分の家族と比べる。お気の毒だと、なぜ勝手に決めつけるのだろう。そんなこと、お母さんが判断することではないのに。お隣さんの話を聞いて、急に不安になったんだ。今のままだと、私がいい大学に行ける見込みがないと。全ては第一志望の高校に受からなかったから。

「お金かけてもそんな仕事されたらたまったものじゃないわよ。瑠奈は大丈夫だと思うけど、どうせ大学に行ってもやりたいことなんてないでしょ？」

将来のことなんてもっと先だと思っていた。まだ一年の冬で、時間はあるものだと。でもそれは私だけの話で、お母さんは不安で仕方がないのだろう。

「だったら商業科を選択して、就職したほうが人生のためよ。高卒だから不利なことはあるかもしれないけど、人より社会経験を長く積めるんだから、それはそれでいいんじゃない？」

学歴はあれだけ大事だと、そうずっと教え込まれてきたのに、それを呆気なく覆されてしまい、すぐに対応できない。

たしかにやりたいことがあるわけじゃない。大学への進学も漠然と考えていただけ。

でも、今までの私の努力が、全部流されたような気分だった。

〈そっか。うん、わかった、就職する〉

――え。

待って。私、そんなこと思ってない。

進学したいと思ってるのに、なんで勝手に決めてんの。

お母さん、私、進学したいよ。

ねえ、お母さん。

「ええ、そうしなさい。それがあなたのためよ」

〈うん〉

やめて、話さないで。

私の意思を無視しないでよ。

声を出そうとして、何度も口を開けるのに、なにひとつ音が出てこない。

まともに寝ることもできず朝になり、シャワーを浴びようとすればお母さんはもうすでに家を出ていた。仕事かもしれないし、そうじゃないかもしれない。

食欲もなく、学校を休もうかとギリギリまで粘ってみたけれど、結局そわそわして制服に着替えていた。体が重い。こんなときの乗り越え方なんてあるんだろうか。

「ねえ、あの子でしょ」

「らしいよ、見た子がいるもん」

昇降口でスリッパに履き替えると、思いっきり視線が向けられていることに気付いた。

名前も知らない女子生徒ふたりだった。ちらりと見ると目が合い、そそくさと校舎の奥へと入っていく。

教室へと向かう間も、四方八方から粘着質のある視線が飛んできているように感じられて、前後にやってくる自分の足を見つめながら歩いた。

なんだろう、なんでこんなに見られているのだろう。

「あ、来た」

教室に着くと誰かが言った。

その一言が勢いよく広がり、クラスメイトのほとんどと目が合う。

なに、これ。

肩にかけたスクールバッグをぎゅっと握りながら、反射的にスマホも握った。

ぐるりと見渡して、それから教室の隅にいたふたりを見て呼吸が止まった。

「…………」

明美とあおいが、私をじっと見つめている。あおいに至っては、睨んでいると言っても過言じゃなかった。そんなあおいに寄りかかるように、明美がふっと視線を逸らした。その瞳は涙で濡れていて、明美を慰めるようにあおいが背中をさすっている。

なんで。

昨日までは明美のことを仲間はずれにしていたのに、どうして今、こんなことになっているの。

「瑠奈、ちょっと来て」

あおいが言うと、クラスメイトたちにざわめきが起こる。「どうなんの」「やばくない？」などといった無責任な好奇の声が教室に反射している。

あおいの背中に隠れるように明美が立っていて、もう目が合うこともない。

「実際に見た子がいるっていうんだけどさ」

ふたりに教室から連れ出され、向かった先は階段の踊り場。先に口を開いたのはあおいのほうだった。

「賀川と瑠奈が浮気してるって噂、ほんとなの？」

〈……え？〉

「昨日、賀川と話してたんでしょ。手握って、親しそうに話してたって」

賀川くんと手を握った覚えなんかない。

昨日はたしかに賀川くんとは話していたけれど、それは明美のことで、親しく話したつもりだってなかった。それなのに、どうしてこんなことになってるの。

「遠野さんってわかるでしょ。隣のクラスの子。その子が明美に教えてくれたんだよ。賀川が瑠奈と浮気してるかもしれないって」

——浮気？

そんなの絶対にあり得ないことで、もしその可能性があるとしたら、遠野さんのほうだ。でも、その遠野さんがなぜか私の名前を使ったらしい。

「ねえ、どうなの？　友達の彼氏と浮気してるって」

〈違うよ、浮気なんかするわけないじゃん〉

「実際、昨日だって見たっていう子、何人もいるんだよ？」

あおいが信じられないと言わんばかりに呆れている。その後ろで明美が涙をこぼし、「もういいよ」などと言ってあおいの腕を掴む。

「よくないって。友達だったのに、彼氏奪ってんだよ？」

〈誤解だよ。私は賀川くんと話があっただけで〉

うまいこと切り抜けようとする、私ではない私。でも、ふたりには通じない。

「話って、なに話す必要あんの？　瑠奈、賀川くんと仲良かったわけじゃないよね？」

〈仲良くないよ。ただ私は——〉

「明美の彼氏だよ？　最近調子のってるって思ってたけど、さすがにやりすぎでしょ」

昨日まで私を選んでくれていたあおいが、今は以前のように明美のそばにいる。

決定的に違うのは、昨日まで親しげだったその目が、怒りに染まっているということ。『調子のってる』と言われたことも、また心に傷を作るひとつの要因だった。

うまくいってると思っていた。

ネットの言葉があれば、私はちゃんと、誰かと話せた。

調子にのってたわけじゃない。

〈私はそんなつもりなくて〉

そう言った瞬間、これまで後ろに隠れていた明美の顔色が変わった。

「私はって、それって周作が悪いって言いたいの⁉」

〈そうじゃないよ〉

「でもそう言ってるようなもんじゃん！　周作から瑠奈に言い寄ったみたいな言い方じゃん！」

〈違うから〉

「なにが⁉　私から彼氏まで奪おうとしたくせに！」

明美の瞳からボロボロと涙がこぼれ落ちる。

それを拭うこともせず、明美は目尻を吊《つ》り上げて私を睨む。

今日はメイクをする余裕もなかったのだろうか、睫毛にマスカラはのせられていない。だから、明美の悲しみがより伝わってくる。この悲しみは、私もよく知ってる。『彼氏まで奪おうとしたくせに』という言葉の裏には、あおいを取られた怒りも混ざっている。

怒りから震える声を、明美から聞くのは初めてだった。

「違う、違うって、そればっか！　私からどれだけ奪えば気が済むの!?　私がどれだけつらかったか知ってる？」

そのまっすぐな瞳には、私への憎しみがむき出しになっている。

どれだけつらかったか、知ってるよ。

私はその気持ちを、痛いほど知っていたはずなんだよ。

空気のように扱われるのも、自分を選んでもらえない屈辱感も、私は誰よりも理解している。

なのにどうして、今こんなことになっているのだろう。私は明美から、なにを奪ったというのだろう。

私だって、ずっとつらかったのに。

「謝りなよ」

あおいが明美の肩に手をかけ、自分は味方だと意思表示をしている。

「明美にちゃんと謝ることぐらいしたほうがいいでしょ」

〈…………〉

こんなとき、どうしてネットの言葉は出てこないのだろう。

もしかして、画面には【相手を変に刺激してはいけない】などと書かれているのだろうか。そんなの、微塵《みじん》も役に立たない。

「瑠奈、自分がなにしたかわかってる？」

あおいの軽蔑を孕《はら》んだ表情。

「明美は苦しんでるんだよ？　だんまりとか、それなくない？」

言いたいことはたくさんあるのに、言葉が浮かびかけてもすぐに塗りつぶされて、真っ黒な海に呑まれてしまう。

本当の思いが、どうしたってふたりに届けられない。

「……瑠奈は、周作のこと好きだったの？」

明美からの見当違いな問いかけに、思わず耳を疑った。

「好きだけど、私が彼女だから遠慮してたとか、ないよね？」

信じたくないといった目で、明美が見る。あおいが「それだとしてもありえないでしょ」と鋭い目つきで私を見る。

全部言ってしまいたかった。

私が賀川くんと話した理由とか、彼から恨みを買ったこととか、むしろ関係は最悪で、浮気なんてありえないこととか。言えたら楽なのに、スマホの力で自分の言葉が出せない。

明美からこんなにも強い怒りをぶつけられてしまうことに泣きそうになる。

なにも知らないくせに、と思うけど、でも当たり前だ。私は明美になにも伝えていない。だから誤解されても仕方がない。

〈明美、噂はただの噂だよ〉

「噂レベルでもないよ、明美」

私の言葉を、あおいが上書きしていく。

本当に賀川くんと浮気なんかしてないのに。

〈好きじゃないし、手を握ってたとかいうのもデマだよ。腕を掴まれただけ〉

「なんで腕を掴まれんの?」

あおいが言う。

〈話があったから。それを私が聞こうとしなかったからで〉

「だから、なんで話す必要があったって聞いてんの。ねえ、あたしらが言いたいこと、瑠奈ちゃんとわかってる? さっきから言ってること意味不明だよ」

誤解を解きたい。

明美のことを賀川くんに注意したら、逆恨みされるようになっただけ。ただそれだけなんだよ。

信じてよ、お願いだから。

明美から彼氏を奪うわけない。

「――最低」

ぼそり、明美が静かにこぼした。

ゆっくりと私を見て、一筋、また涙を流して、
もう私を見ることもなく、明美は階段を上がっていく。

「瑠奈、ひどいよ」

「友達の彼氏略奪とかマジで最低だよ」

あおいが瑠奈を追いかけるように、私を残して去っていってしまう。

ただ、ひとり、この世界に取り残されたような気がした。

あっちこっちから刺さる視線に、何度も消えたいと願った。

今すぐ消えることができるなら。それが可能なら、私という人間をこの世から消してほしかった。

あれから教室に戻った私を、誰もが非難するような目で見ていた。

その中には待田くんもいて、けれど目が合う前にさっさと自分の席に着いた。

生きた心地がしない。自分の一挙手一投足に注目が集まっている気がして、ただ小さく縮こまることしか許されていない感覚だった。

「～～だって」

「あ～、なんか奥平さん～～～だよね」

「そうそう、なんかさ～～～だし」

ところどころ聞こえてくる声は、まるでモザイクがかかったかのように一部が聞き取れなくて、過剰に耳が反応してしまっている。

なにも聞きたくない。

なにも知りたくない。

この日、明美とあおいは、まるで以前の仲に戻ったように、ずっとふたり一緒に行動していた。時折笑いが聞こえてくると、どうして笑っていられるんだろうと不思議だった。

明美はあんなに泣いていたのに。あおいはあんなに怒っていたのに。たった数時間で、どうして笑いが起こるのか。そんな中で、どうして私だけ取り残されているのか。

くっついて歩くふたりを見て胸が痛んだ。ときどき視線が合ってしまうと、ふたりは以前のように目を見合わせ、顔を背けた。

——無駄だった。

私がネットで培ってきた時間は、全部、無駄でしかなかった。

こんなとき、明美にもあおいにも信じてもらえない。

うまくいっていたのに、肝心なときに、なにもうまくいかない。

自分の言葉さえ伝えられなくて、唯一伝えられる手段でさえ本音が伝えられない。

『――最低』

明美の言葉が忘れられない。

どんな理由であれ、明美が傷ついていたのは確かだ。

同じことをされていたから、同じことを返すことは仕方がないと自分に言い聞かせ、正当化していた。

でも、果たして正解だったのだろうか。正解だとただ信じたかっただけじゃないのか。

私だって明美となにも変わらない。

明美を仲間はずれにした事実はこれからも残っていくし、変わることもない。

「待田くんに気があるんだって」

末広さんたちの声が聞こえて、それが私のことを指しているとすぐにわかった。

「友達の彼氏奪って、待田くんにも近づいてたらしいよ」

「滝桜の前でふたりがいるの見たって子がいたよね」

「えー奥平さんってそういうタイプなの？」

あることないこと言われても否定する勇気もない。

今になって、どうしてそんな噂まで流れてしまうのだろう。

嫌われる。

その恐れていたことが、こんな結果として訪れるなんて。きっと私がなにか言ったところで、ネットの言葉なんて誰も耳を貸さない。

「私、奥平さんって苦手」

「今さらじゃん。ああいうのって男に依存しないと生きて――」

バンッと大きな物音が立てられて、教室の中が静まり返る。

待田くんが自分の席を思いっきり蹴り、怒気を含んだような目で末広さんたちを睨みつける。

「うるせえよ」

蔑むような表情。

容赦なく人を切り捨てられる人。媚《こ》びを売ることをしない人。

そのまま教室を出ていく待田くんの背中を誰も追いかけられなかった。

また、助けてもらった。

情けなくて手のひらにぐっと、爪を食い込ませた。

「うわ、龍太《りゅうた》ひっど」

　ぎゃはぎゃはと聞こえたその声は放課後のことだった。

　逃げるように教室を出て、待田くんが撮影した写真を見に行くつもりだった。視線をひたすら下にして、ようやく辿り着いた写真部の掲示板の前に、先輩たちがいた。その中心には桜庭さんのお金を盗んだ先輩がいて、直後、私の足元に写真の一部と思われる破片が飛んできた。

　見て、絶句した。

「だってこれ、なんか気に入らねえんだよな。しかも待田って名前だから、絶対あいつの写真だし」

「あいつって誰だよ」

「んー俺に喧嘩売ってきた奴？」

　夜永とタイトルがつけられた待田くんの写真が、無残に破り捨てられている。

「写真で受賞とか何様だよ。つうか、写真のいい悪いとかなんだよ」

　悪意ある行動のもと、写真が踏みにじられていく。

　待田くんの大切な一枚。

　私があの日、声をあげたから。先輩を犯人だと突き出したから。黙っていれば、私は先輩に絡まれることもなかったし、待田くんの写真が破られることもなかった。

「あ、噂をすれば」

濁ったような目が私を捉え、そして周囲の人間はこれから起こることを愉快そうに見守っている。

「またここで会うなんて運命かよ」

下品な笑いが飛び交い、そして明らかな敵意を宿して私へと近づく。

「そうそう、なんでむかつくかって、お前、この写真見てたよな？」

先輩に絡まれて、待田くんが助けに入ってくれたとき、私は安心して思わず彼の名前を呼んでしまった。巻き込んでしまった。待田くんは関係がないのに。これは私と先輩だけの問題なのに。

「待田って、あいつのことだろ？　ヒーロー気取りの奴」

〈……っ〉

大事な写真が破り捨てられたのは、私のせいだ。

『なんで、こんなことするんですか』そう言いたいのに、私はずっと先輩の横を通り過ぎようとする。まるで相手にしないみたいに、なかったことにするみたいに。

「おい、無視すんなよ」

ガラガラとした声が背中にかかる。それでも私の足は動く。この場から立ち去ろうとしている。他人事みたいに、見なかったふりをしようとしている。

私のせいで待田くんの写真が破り捨てられているのに。

このまま行こうとするなんて間違ってる。こんなの、おかしい。

止まって、戻って。

お願い、お願いだから。

待田くんの大切な写真なの。

「――あ、の」

声が出た。自分の声が。

振り返って、悪意しか感じられない視線に耐えるように、先輩の前へと戻っていく。

声が絞られる感覚を覚えるけど、こじ開けるように音を必死に出すことだけに集中する。

眉間に力が入って、油断すると声を失いそうになる。それでも、私はここで立ち止まるべきで、戦うべきだ。いつも助けてくれる待田くんの写真を守るために。これ以上、傷つけさせないために。

「……こんなの、間違ってます」

スマホの言葉じゃない。私の言葉だ。

もしかして思春期スマホシンドロームが治ったの？

足が竦んでしまいそうになるのを必死でこらえる。

スマホが、ピシッと音を立てる。見れば、画面上に小さなヒビが入っていた。

……これは、私が、自分の意思を貫こうとしてるから？

「間違ってるとか、いい子ちゃんぶるなよ。あ、いや、いい子ならさ、俺にちゃんと謝ってもらっていい？」

「え」

髪をぐいっと乱暴な手つきで掴まれ、強制的に上を向かせられる。頭皮が引っ張られ、痛みで顔を歪めると、周囲に楽しそうなざわめきがわっと広がった。いけいけ、とひとりが煽《あお》る。

「謝れよ、ここで」

〈……っ〉

「じゃないと、ここに貼られる写真、俺が卒業するまで破り続けるよ」

「はは、龍太それ地味」

誰かが笑う。おかしそうに。

地味なんて、そんなわけない。

待田くんにとっての写真は、どれも最後かもしれないと思って撮られたものだ。

『自分がたまたま見た景色を、そのまま撮ろうと思うと難しい。あれも、俺が初めて肉眼で見た一瞬に一番近いってだけで、やっぱり直接見たものには敵わない』

『なんだかんだ好きだから撮る。でもいつも考える。これが最後の一枚になるとしたら、なにを撮りたいかって』

その写真が破られるなんて、どれだけ傷つくだろう。待田くんにとって、かけがえのない一枚一枚が、なにもわからない人たちの手によって壊されていく。こんなことあってはならないのに、これを引き起こしたのは私だ。

全部、私のせいだ。

「こっちに目線ちょうだい」

先輩の仲間の手には黒いカバーがつけられたスマホが握られて、私に向けられている。動画を撮られているのかと思うと恥ずかしくて顔を背けたくなるのに、先輩の手がそれを許さない。

「謝れ」

「ほら、謝りなよ」

「龍太、そろそろ手が出ちゃうんじゃない？」

次第に謝れコールが始まって、囲まれていく。

涙が滲んだ。嫌だ、泣きたくない。こんなことで泣きたくない。

やめて。

待田くんの写真を戻して。

大事な一枚を元通りにして。

もう、やめてよ！

「奥平！」

突然、待田くんの声が聞こえた。その瞬間、髪を掴んでいた先輩の手が少し緩んで、そのすきに私は先輩たちから離れた。振り返れば、こちらへ走ってくる待田くんの姿を見つけた。

すぐに駆け寄ろうとした瞬間。

〈……っ〉

ぐるりと回転して、待田くんの姿が見えなくなった。私の意思とは反対に、体が真逆の方向へと向いた。

なんで？　私、どこに行こうとしてるの？

「奥平！」

――待田くん！

振り返るのに、それを許さないように真逆へと走ることを余儀なくされる。

どうしたの、どうしちゃったの。

足が勝手に動いていく。コントロールが利かなくて、私の意思なんてどこにもない。

さっきは自分の言葉が喋れたのに、どうしてまだ操られているの。そのまま階段をどんどん駆け上がる。

その後ろで待田くんが私を追うように走ってきている。

〈ついてこないで！〉

違う、そんなこと思ってない。思ってないんだよ、待田くん！

屋上の扉まで来ると、勢いよく扉を押した。それからすぐにストッパーを外すと、校舎から人が入れないようにした。

これも全部、私の意思じゃない。自分のすることが怖くて、だけど制御もできない。

「奥平！　開けろ！」

ドンドンと力強く待田くんが扉を叩いている。

こんなことをしたいわけではないのに、私は待田くんを拒んでいる。

〈来ないで！〉

拒絶の言葉ばかりが口をついて出て、逃げ込むようにして塔屋の中に入る。待田くんの声は聞こえていた。

意思と行動が対極で、私は私に逆らえない。

スマホを見た。

【生きてると全部嫌になりますよね。リセットしたくなるのわかります】

【私、つらくなったら、自分が死ぬ妄想するんですよ。そうすると楽になって】

【全部ダメだなって思ったら、死ぬのもありなんじゃないですか？】

【死ぬならやっぱり屋上ですかね】

次々とネットの無責任な言葉が表示される。

死ぬ？

なんで、私が？

その瞬間、自分がこれからしようとしていることに慄《おのの》いた。

【人巻き込むのは後味悪いんで、せめて夜とか朝方の人が少ない時間がいいんじゃないですか？ まあ、あんまりオススメしないですけど】

だから私は屋上に来た。連れてこられた。スマホの力で。

〈――っ〉

嫌だ、そんなの。

苦しい。怖い。私はそんなこと願ってない。

私は大丈夫だと思っていた。この力で助けられてうまくいって、それでいいと思い込もうとして、その結果、私は屋上にいる。

これからしようとしていることに、指先が震える。震えは手全体、そして全身に広がっていく。

助けて。

待田くん、待田くん——。

「まち——」

声が出かけた瞬間、強烈な光がスマホの画面から放たれ、意識が飛んだ。ぷつりと、電源が切れるみたいに黒くなった視界の遠くで、待田くんが私を呼び続けている声だけが残響となってこだましていた。

夢を見ていた。

皆が私のことを忘れてしまって、私なんて最初からいなかったみたいに過ごして、空気のように扱う。

……ああ、違う。

これは、思春期スマホシンドロームになる前の私だ。

誰の目にも映らない、ただの空気。

消えたいと願っていた日々。

孤独だった日々。

ここにいるのに。私はここで生きてるのに。

ずっとひとりだった。

「奥平!」

……誰?

遠い昔のように、ぼんやりと声が聞こえる。

誰が私を呼んでいるの?

私を呼んでいるのは――。

〈……待田くん!〉

ぱっと勢いよく起き上がる。

暗くなった空の向こうに朝日が昇り始めている。握っていたスマホを見れば、お母さんからの着信履歴やメッセージがいくつも残っていた。

「奥平!」

〈……っ〉

慌てて扉に駆け寄る。

「いるんだな? そこにいるんだよな?」

必死にうなずく。ドアノブを握ろうと手を伸ばす。その手が空振りに終わり宙を滑った。

――え。

「奥平、ここ開けろ! こっちからじゃ開けられない!」

〈…………〉

開けようとしたのに、足が、扉から遠のいていく。扉を開けたいのに、それを拒むように私の足はフェンスへと向かう。求めるように手を伸ばし、手にぐっと食い込ませるようにフェンスを握る。そのまま上を目指そうとしている自分にはっとした。

――嘘、待って……！

抵抗したくて、けれども身体のコントロールが利かない。

すぐ扉に駆けつけたいのに、私の意思はフェンスをよじのぼろうと躍起になっている。

かしゃん、と音がした瞬間、

「奥平!?」

待田くんが叫んだのが聞こえた。その後ろでは「まだ鍵業者は来ないんですか！」と、待田くん以外の人の声も聞こえてくる。

「おい！　なにやってんだよ……！」

ドン、ドン、と一定のリズムで扉が叩かれる。それは手で叩いているというよりも、体当たりしているような音で、一瞬そちらへ気が逸れて自分の動きが止まった。けれど、しばらくするとまた足はフェンスをよじのぼろうとしてしまう。

嫌だ、このままじゃ本当に――。

ドンッと、これまでよりも大きく響いた音とともにドアが開き、待田くんが倒れ込んでくるのが見えた。一緒になって、高坂先生やそのほかの先生たち、なぜかお母さんまでいる。

「瑠奈！」

お母さんが駆け寄ってこようとするけれど、

〈来ないで！〉

力の限り叫ぶ。

待田くんは私と目が合うと瞳を大きく見開き、すぐに起き上がってフェンスまで駆け寄ってきて私の手首を掴んだ。

「なにしてんだ！」

いとも簡単にフェンスから離されたかと思うと、待田くんが私の両肩を掴んだ。

「戻れ奥平！」

力強く、私を取り戻そうとする表情。

待田くんだけが、私の異変を異変だとちゃんと受け止めてくれていた。ずっと、私じゃないと見抜いてくれていた。そのことが怖くて、でも今となってはうれしかった。

でも。

〈……遅いの〉

弱々しく出ていく私の言葉に、待田くんが「は?」と反応する。

〈ダメなの。私、ここにいたらダメなんだよ〉

「なんでダメなんだよ!」

〈行かなきゃ……〉

待田くんを力ずくで離そうと何度も肩を叩く。どいて、と叫びながら、私は彼を振り払ってフェンスに向かおうとした。それを待田くんが必死になって止めてくれる。

〈離して〉

「離さない!」

〈私……〉

「奥平!」

〈もう行かないと〉

「──春を待ってる一枚なんだろ!」

突拍子もない一言が、私の口を封じた。

「そのつもりで撮ったんだよ、あれは!」

あれって……。

「意味を、理解したのは奥平だけだったんだ!」

なにを急に……。

「枯れた木だって言われても別によかった。そう思う人間だっていていい。でも、奥平は違った」

待田くんの言葉で、中学時代のあの写真のことだとわかった。

その一言がきっかけで私は失敗したのだと、滝桜の前でそういう話をした。

あのとき、待田くんはまるで他人事のように話していた。でも、そうじゃなかった。

そこには待田くんの瞳があって、そして語られなかった真実がある。

「救われたんだよ！　だったら次は俺が奥平のこと救う番だろ！」

待田くんの髪が寒空の下で揺れる。

「自分の意見なんてどうでもいいって、そう思ってた俺を、奥平が変えてくれた」

そんなつもりはなかった。そんな美化されるような思い出じゃない。

でも、待田くんは、まるで私の本心を汲み取るように視線を合わせる。

「ヒーロー気取りで悪いかよ、知らねえよ、でも！」

待田くんの気迫が全身から伝わってくる。

「自分を信じようと思ったのは、奥平がいたからなんだよ！」

＊＊＊

なんでもかんでも自分の思い通りにすることが正しいと思っている親がいる。

その代表が俺の親だった。

「なに言ってんだ。お前は夏期講習だ」

中学のとき、所属していたバスケ部の強化合宿があるという話をしたら、父親がなんの脈略もなく塾の話を持ち出した。しかもそれはすでに申し込んだあとの話で、母親が申し訳なさそうな顔で俺を見ていた。

「……ちょうど合宿と被ってるんだけど」

「部活より勉強が大事だろ。そもそも、夏休みまで学校に拘束《こうそく》される筋合いはない」

部活を推奨したのは父親だった。

成績はもちろんのこと、内申点をとにかく気にする親だったから、入りたくもない運動部に入らされた。バスケ部に決めたのも父親だ。もちろん反対した。俺の意見ぐらい聞けよとも思った。

次の日、俺の部屋にあった荷物という荷物が全て玄関にまとめられているのを見て、言葉を失った。お気に入りだったカメラは壊れていた。この家のルールに従えない奴は家族じゃない。そう言われているようで、反論なんて馬鹿げたことはすぐやめた。

俺の親は、俺がすることは全部、間違ってると思ってる人間だったから。

親が正解だと思うレールを歩かされ、反抗したこともあったけど、でも意味がなかった。

「合宿休んだら内申点に響くかもしれないけど」

「んなことする教師だったら訴えてやる」

どこまでもご都合主義というか、自分の正解は世間の正解だと本気で思っているような人間だった。母親は父親に従うだけの要員でしかなかったから頼れなかったし、そもそも俺の味方なんてあの家にはひとりもいなかった。

逆らうことが面倒だった。どうせ自分の意見なんか言っても無駄でしかない。

それは家の中だけではなく学校の中でも同じで、小学生のときが極めつけだった。

奥平が公園で泣かされた翌日、学校の担任から殴った理由を聞かれて、そのまま答えた。そうしたら、「ヒーロー気取りか」と鼻で笑われたことを覚えている。

ああ、こいつに話した俺が馬鹿だったと本気で思ったし、上級生の言葉だけを信じているクラスメイトたちのことも軽蔑していた。

「待田くんって冷たいよね」

中学のときだってそうだ。

クラスメイトの女子に告白されて断った。そいつに彼氏がいることを知っていたし、そうじゃなくても付き合う気なんてなかった。けれど、その場で「冷たい」「ひどい」と大泣きされ、結局、その女子は「傷つけられた」と友人に泣きついた。

くだらなかった。俺の言うことなんて誰も信じない。そういう現実に疲れた。自分の意見なんて伝えたところで無駄なんだと思った。そういう人生だった。

あのときもそうだ。

俺が撮った、冬の滝桜。どうして俺があの一枚にしたのかわかる奴はここにはいない。かといって、わざわざその意味を伝える必要もない。そう決めつけていた。

でも、俺と同じことを思ってる奴がいた。

「これは、春を待ってる……一枚だと思います」

静まり返った教室で、弱々しくあがった声。

声のしたほうを見れば、窓から差し込む陽光からも逃げるように小さくなっているのに、まっすぐ黒板を見ている奥平がいた。

彼女をちゃんと見たのは、久しぶりのことだった。公園でのあの一件から奥平を遠ざけるようになって、向こうも同じ感じで、距離だけが広がっていったのに。

あのとき、俺の真意を理解してくれたのは、奥平、ただひとりだった。

本来教室で発言するタイプじゃない彼女が声をあげたこと。さらにその手が緊張から震えていることに気付いて、柄にもなく目が離せなかった。

どうしようもなく、救われたと、そう感じた。

この桜が春を迎えられるのは、寒くて、凍えそうで、暗い夜を何度も乗り越えたから。だから、ようやく春になって花を咲かせられる。冬を乗り越えたからこそ、綺麗な桜が咲く。

そのことを知らない奴が多いと思っていた。その中で、俺と同じ感性を持っていたのが奥平だった。

その言葉に、俺がどれだけ救われたか。

自分を信じてもいいんだって、間違ってないんだって。そう思わせてくれたのは、奥平の言葉だったんだ。

＊＊＊

「あれは誰かの言葉なんかじゃなくて、奥平自身の言葉だっただろ」

待田くんと視線がぶつかる。

「自分を見失うなよ」

どこまで、待田くんは気付いているのだろう。

どこまで、私の本心を見抜いてくれているのだろう。

「他人のために生きなくていいから。自分を大事にしろよ」

まるで私に言い聞かせるように、諭すように、まっすぐ貫いていく。

「そう奥平が教えてくれたんだよ」

凍えてしまいそうな季節に、あまりにも暖かな光が灯火となり心を温めていく。私の冬は必ず終わる。どんなことがあっても必ず終わって、そうしてやがて春が来る。そのことを、私が知っているはずなんだ。

私だけが――。

〈待田くんになにがわかるの？〉

知っている、はずなのに。

私じゃない誰かが喋っていく。これは私の言葉ではない。

また待田くんに当たってしまう。こんなことを伝えたいわけじゃないのに。

ぎゅっとスマホを握る手に力が入る。

〈私は私で頑張ってるし、それを待田くんにとやかく言われる意味がわからないっていうか〉

頭上にスマホを持ち上げ、何度も手放そうとする。言葉と行動が一致しない。頭が真っ暗で、目の前の景色さえ黒く塗りつぶされていくような気がする。

〈私のなにがわかるの!?〉

やめて。もう待田くんを傷つけたくない。

私はもう、誰も傷つけたくない。

お願いだから消えて。お願いだから――。
「奥平」
待田くんの手が、そっとスマホを握る手に重ねられる。
頭の上にあるスマホ。捨てたくても捨てられないスマホ。
それを今、待田くんと一緒に握っている。
「自分の言葉と向き合え」
【――】
言葉が消えていく。ぎゅっと目をつぶって、消されていく文字を必死にかき分ける。
消さないで。私の言葉を消さないで。
「大丈夫」
そう。大丈夫だから。
もう私の言葉で大丈夫だから。
お願いだから、言葉を塗りつぶさないで。
お願い。
私はもう、大丈夫だから。
私は、自分の言葉を取り戻したい。
〈私だってこんな世界、生きて――!〉

スマホの黒い画面にヒビが入り、バキバキと割れていく。液晶の破片が散らばり、月明かりを反射するようにきらりと輝いた。

その瞬間、喉元を塞いでいたなにかから解放されるような感覚を覚えた。

「……もど、したい」

私自身の言葉を塗りつぶしていた黒い部分が、さあっと消えていく。

はっとする。それは本心から生まれてくる言葉だったから。

「……喋れた」

喉に、唇に、手が触れる。

今、私の意思で喋れてる。

「私……私の声、聞こえてる？」

待田くんを見上げる。

「聞こえるよ、奥平の言葉」

スマホを握っていた手には、待田くんの手が今もまだ添えられている。かじかんでいく指先を温めるように握ってくれている。

「聞こえる、ちゃんと」

念押しするように、待田くんが柔らかな笑みで言う。

「……っ、うん」

何度もうなずきながら、吐息がこぼれ、目に涙が溜まっていく。

あれだけ真っ黒だった頭の中が、嘘みたいに晴れ渡っている。

粉々になった画面は、もう光らない。

ずっと私を支配していた偽りの言葉は綺麗さっぱりなくなった。


それから先生たちは一言二言私に話して、ひとまず校舎の中へと引き返していく。その後ろにいたお母さんと目が合ったけれど、なにを言われることもなく、そのまま静かに中へと入っていった。

「空、見てみ」

待田くんの息が白く、その先を追うように顔を上げた。

冬の朝焼けに煌びやかな星々が点々と光る。音もなくはらりと舞い落ちた白い雪が、頬や瞼に触れる。冷たい。

「どうして……晴れてるのに」

「風花《かざはな》」

待田くんが言う。

「晴れてても雪が風に舞うように降るからそう呼ぶらしい。あとは、山に降り積もった雪が風に飛ばされるってこともあるな」

「……詳しいんだね」

「こういう景色を、一度撮ってみたいって思ってたから」

「撮らなくていいの？」

そう聞くと、待田くんは雪を見て、私を見て、もう一度雪を見て「撮る」と一言残して校舎の中へと戻っていく。扉付近には、待田くんのものと思われる荷物が見えた。

視線を戻す。太陽が出てるのに、ちらちらと降る雪はどこか矛盾している。

でも――。

「綺麗……」

透明感のある、光り輝く雪のシャワーと、どこまでも、どこまでも、照らしてくれるような暖かな太陽。

「ねえ、待田く――」

振り返ると同時に、カシャッと、突然のシャッター音が聞こえた。待田くんが一眼レフを構え、私を撮影したらしい。

一眼レフから待田くんが顔をのぞかせる。

「なんか、撮っとこうと思って」

「今の私を？」

「うん」

「……どうしてって、聞いてもいいの？」

凍えてしまいそうな寒空の下で、手をこすりながら聞く。

今になって寒いという実感が湧いてくる。

「どうして、か」

待田くんは自分自身の首に巻いていた黒いマフラーを解き、それからそっと私に巻いた。

「撮りたくなった、としか言いようがないな」

ふわりと待田くんの匂いが、冬の香りと混じって鼻腔《びこう》をくすぐる。

ぐるぐると巻かれた首元は、待田くんの体温とともに温められていくようで、途端に恥ずかしくなる。

「え、あ……待田くん寒いよ」

「いい。寒いのは平気」

「……そっか」

ありがとう、とマフラーに顔をうずめて言った。それが聞こえていたかはわからないけれど、届いているような気もした。

待田くんは地面に後ろ手をつくようにして座り、明け方の空を仰いだ。

「自分の感性を信じる。それは、奥平が教えてくれた」

「……私が？」

「俺は、俺が思うように撮っていいんだって思えたのは、奥平のあの一言があったから。撮りたいって思う瞬間に撮る。そこの意味を、俺はうまく言えない。感覚だから」

「……うん」

それは、とても待田くんらしい、まっすぐな理由だと思った。

目の前の景色を、ただ純粋に綺麗と言えること。それがどれだけ幸せなことか。

「……綺麗だ、ほんとに」

また、待田くんのマフラーに顔をうずめる。

それからしばらく、待田くんと冬の夜明けを眺めていた。

音のない、光に満ちた、あまりにも美しい光だった。

朝。皆が登校してくるより前に待田くんと学校を出た。

マフラーは結局借りたままで、ちゃんと今日返さないと、と思っていると、

「おかえり」

玄関の前にお母さんが立っていた。

「……ただいま」

言うべきことはたくさんあった。電話に出られなかったこととか、学校まで来ても

らったこととか、こうして今、待っててもらったこととか。迷惑だって思われてるんじゃないと思うと、お母さんの目が見れない。

「……あの」

スマホを握ろうとして、手元にないことに違和感があった。あれは画面が粉々になって、今スクールバッグの中にしまわれている。おそらく、もう電源が入ることはないのだろう。

私はもう、自分の言葉を手に入れた。

「あんなところにいて、どうしようとしてたの」

そう呟いたお母さんに、びくりと肩が反応する。恐る恐る顔を上げたが、お母さんからは怒っている気配は感じられない。

「……わからない」

本当は自分がなにをしようとしていたか、わかってはいたけれど、それを言葉にしてしまうのは怖かった。

お母さんも私の答えは予想できていたのに、小さく「そう」とだけ言った。

寒さでぶるりと身体が震える。と同時に、凍えてしまいそうなあの場所で、そばにいてくれた待田くんを思い出す。

寒かったはずなのに。ずっと私に付き合ってくれた。

自分の寒さよりも、他人の寒さを気遣い、綺麗な夜明けを見せてくれた。

私が今ここにいられるのは、待田くんのおかげだ。

『自分の言葉と向き合え』

「ねえ、お母さん」

そっと呼ぶと、お母さんと目が合った。

「迷惑かけてごめんなさい」

「…………」

「あんなことして、ごめんなさい」

「…………」

「……私ね、頑張ってるように見えないかもしれないけど、頑張ってたつもりなの。第一志望に落ちたこと、ずっと申し訳なくて罪悪感でいっぱいで、でもどうしたらいいかわからなかった」

勉強を頑張っても、『あんな高校でその成績は当たり前でしょう』と言われたことがショックだった。学年で一番を取っても『あんな高校だから』と貶《けな》される。

「勉強も、友達も、うまくいかなくなった。頑張ろうとするけど、うまくいかなくて」

成績が上がってもなにも言われないけれど、落ちればどこまでも責められる。

だから頑張るしかなかった。上を目指し続けるしかなかった。

「……消えたいって、思った」

ずっと、そう思っていた。

ひゅっと、お母さんが息を呑んだのがわかった。

瞳に溜まっていく涙が鬱陶《うっとう》しい。泣きたいわけじゃないのに。気持ちが昂《たかぶ》ると泣いてしまうことが嫌だ。

声が震えていたことも、こうして情けないことを訴えることも、お母さんには迷惑かもしれない。いっそ消えてくれればよかったのにと、そう思われているのかもしれない。

「瑠奈……」

ふっと視界が暗くなって、そのままお母さんの胸の中に抱き寄せられていた。全身を包み込む温もりに目を疑う。

「……心配、だったのよ」

お母さんの顔が見えない。私の頭を撫でる手が、微かに震えている。

「そう……そうね……」

ひとつひとつ、まるで噛みしめるように落とされていく声に、今度は耳を疑う。

抱きしめられている感覚が、まるで嘘のようで、戸惑いが滲んでくる。

「今までごめんね。瑠奈のためにって……最初はそう思ってたのになぁ」

吐息に奪われてしまうような、お母さんの呟きを、本音を、聞いたのはいつぶりだろうか。

それから涙声で――。

「瑠奈、生きていてくれてありがとう」

そう言って、私をより一層強く抱きしめた。

どんな顔で言ってくれているのか、考えながらお母さんの背中に腕を回した。

生きるのがつらかった。毎日、消えてしまいたいと思っていた。

でも、生きていてよかった。

お母さんがそう思ってくれるなんて。

きっとお母さんはお母さんなりに、ずっと私を守ろうとしてくれていたのかもしれない。

第五章

いってきます、と告げた私を、お母さんは玄関で見送ってくれた。

帰ってきてから二時間後のことで、お母さんは「休んだら」と初めて学校を休むことを提案してくれたけれど、大丈夫だと笑って答えた。不思議と頭は冴《さ》えていて、眠たくもない。

外に出ると、まず一番に冷気が頬に当たり、肩を竦めた。

屋上で見た、明けたばかりの空のほうが新鮮で輝いていたけれど、今はどんよりとくすんでいるように見える。あれだけ綺麗に見えていた太陽も今では灰色の雲が空を覆い、雪がまたちらちらと降り始める。これはもう、風花とは言わないのだろうか。

右手の紙袋には待田くんのマフラーが入っていて、あの夜明けが嘘じゃなかったんだと実感させてくれる。手のひらを空に向けるように出すと、一粒の小さな雪が私の体温ですぐに解けて消えた。

『他人のために生きなくていいから。自分を大事にしろよ』

待田くんの言葉が蘇る。

この冬も終わりがあって、次は春が訪れる。花が咲き、光に満ちた季節。

春は、明美やあおいと出会った季節でもあり、今でもよく思い出せる。明美と仲良くなれたことがうれしかった。一緒にいて笑い合った日々を忘れたわけじゃない。桜が散り始めた頃に、あおいが加わるようになって、最初こそはうまくいっていた関係にも綻びが出てきた。

雨が降り続ける梅雨が終わって、カンカン照りの夏がやってきた頃にはもう、うまくいかなくなって、次第に浮くようになって、空気みたいになって。

嫌われることが怖くて、いつも顔色を窺《うかが》ってばかりいた。それは明美と出会うよりも前、中学のときからだけど、だからこそうまくやろうと意気込んで失敗した。

本音で話せば嫌われると思って、必死にネットで検索して、それらしく返すことに努めた。そうすることが正しくて、自分の言葉なんてなくていいと思っていた。

でも、今になって思う。

私は明美とあおいに都合よく使われていたのかもしれないけれど、それは私だって同じだった。

ひとりになりたくないから、明美とあおいと一緒にいた。都合よく使っていたのは私も一緒。そのことに、私は気付けなかった。

被害者意識ばかりが先行して、だからこそ明美があおいにハブられるようになってもそれは仕方がないことだと割り切ろうとした。本当に友達だと思っていたら、そんなことはしない。

びゅっと勢いよく北風が横から吹いてくる。

どんな春も、必ず冬を乗り越えてやってくるもの。それを教えてくれたのは待田くんだ。

何度も深呼吸をして、一歩一歩確実に、学校へと向かう気持ちを奮い立たせる。

人に嫌われたくなくて、私は私を偽って生きてきた。

ひとりになるのが怖いし、恥ずかしいと思っていた。

けれど、本当に大事なのはきっとそんなことじゃなかったんだ。

私は、私が選んだものを大事にしていきたい。

無数にある選択肢を、私の意志で選んで、決めていく。人に嫌われても、逃げることになっても、私が選んだ道で生きていく。周りの意見に振り回されることなく、他人のために生きることをやめる。

自分のことも、これからはちゃんと大切にしたい。

「おはよ」

教室に着いて、すぐに明美とあおいの席に行った。

ふたりは不快そうに顔を歪め、顔を見合わせる。背中にはクラスメイトたちの四方八方からの視線が突き刺さっている気がして怖い。

「話があって」

スマホはない。今、私は私の言葉で、ふたりに言葉をかけている。それはとても心細くて、頭が真っ白になってしまいそうになる。

「…………」

完全無視。返される言葉はひとつもない。

あおいが明美の腕を掴み、引っ張るように教室を出ていく。

あ、と声が漏れて、足が竦んでしまう。情けない。逃げないと決めたのに、もう逃げたくなっている。

挫《くじ》けてしまいそうになり、ふと顔を上げると、ちょうど教室に来たタイミングの待田くんと目が合う。なにがあったのか、状況を見て判断したのだろう。

「(がんばれ)」

待田くんの口の動きを見て、うん、と無意識にうなずく。

あの夜明けを思い出す。光に満ちた朝を。待田くんがくれた言葉を。

ふうっと息を吐いて、それからすぐに廊下へと出る。明美とあおいの背中が少し離れた場所に見えて、急いで追いかける。

いつもこうだった。

ふたりについていくだけの毎日。入れてもらえない悔しさ。

でも今は違う。

私は廊下を走り、ふたりに追いつくと、すぐに前へと回り込んだ。

「お願い、話をさせてほしい」

自分を奮い立たせ、明美とあおいをしっかりと見つめる。視線が揺らいで、すぐに逸らしたくなってしまいそうになるけれど、そんな弱い自分とは決別したかった。

廊下の突き当たり。後ろでは階段を上がってきた生徒がちらちらとこちらに視線を送る。

「話なんかすることないって」

あおいが踵《きびす》を返して、明美の腕を引っ張る。けれど明美はその場から動こうとはせず、じっと私を見ている。その瞳の奥からは、昨日あった怒りは消えているように見えた。

「……昨日のこと、ちゃんと話がしたくて。私、本当に賀川くんと浮気なんかしてないから」

「ねえ、この期に及んでまだ言い訳すんの？」

あおいがカッとなって感情を剥き出しにするけれど、私はただ明美だけを見た。

「……言い訳したいわけじゃないの。ただ、本当のことを明美に伝えたくて」

言いたいことを、整理していたわけじゃない。けれど自分の気持ちだけは今ここで伝えないと、もう一生、伝えられないままのような気がする。

「賀川くんと話していたことは本当だし、それを明美に言わなかったのも事実」

「……どうして、うちに言わなかったの？」

「それは――」

あのときは、スマホのせいで言いたいことが言えなかった。それに、もし仮に自分の意見が言えたとしても、明美が傷つくことには変わりない。

「……ごめん」

「だから答えになってないって」

「あおい、いいんだよ」

明美がそっとあおいを宥《なだ》める。やはり、怒りの感情は明美から消失しているように見える。

「……信じてもらえないと思う。でも、疑われるようなことをして傷つけたことは謝りたい。明美のことを仲間はずれにしたことも、許されないと思うけど、ちゃんと謝りたいの」

「………」

「許してもらおうなんて思ってない。そんなつもりで謝りたいわけじゃなくて、明美の怒りをちゃんと受け止めるために、謝らせてほしくて」

頭を下げて、それから言う。

「ごめんなさい。ずっと、ごめんなさい」

どこかで明美を見下していたのかもしれない。かもしれないという言葉で逃げている弱い自分がいることも嫌いだ。でも、それが今の自分で、許されるべきではないこともわかっている。もちろんふたりにされたことを許せたわけでもない。

だけど、私にはあの光に満ちた夜明けがある。あの輝きを思い出せれば、どんなことだって背負える覚悟はある。

「……謝らないといけないのは、うちだよ」

ぽつんと、落とされた明美の言葉に顔を上げる。

制服のスカートの裾をぎゅっと握るその仕草。

「うちのためだったんでしょう？　周作と話してたの」

「え……」

「昨日、周作から聞いた。補習のとき、瑠奈から注意されたって。腹が立ったから口止めするために話してたって」

「なんで……」

「別れたいって、言われたの。好きな人ができたからって」

明美は力なく笑う。

「最近は周作との関係もうまくいってなかったんだけど、でも私の勘違いかもしれないとか思うこともあって。ほら、私に教科書とか借りに来てたでしょ。そういうときはふつうだけど、それ以外は冷たかったりして、周作の気持ちが全然わからなかったの」

　明美の声が震えている。

「……でもうちは好きだったから、優しくされるとうれしかったんだけど」

　その気持ちを知っている。あおいが休んだとき、明美に優しくされるとうれしかった。話しかけてもらえると、戸惑うけど喜びが強かった。

「うちの話で変な空気にさせるのも申し訳なくて言えなかった。休み時間も、周作に呼ばれてるなんて嘘ついて教室を出たこともある」

　それは、あおいが勘付いていた時期の明美と重なる。あのとき、明美はどれだけ不安な時間を隠れて過ごしていたのだろう。

「……遠野さんだったんだね、周作といい感じだったの。まさかその遠野さんに騙《だま》されてるなんて気付かなくて……遠野さんの言葉を信じて、瑠奈にひどいこと言って傷つけた」

　賀川くんが全て打ち明けたのだろうか。

　あおいはなんとなく察していたのか、遠野さんの名前が出ると納得したような表情を見せた。

「瑠奈は、遠野さんと仲良くしてる周作を怒ってくれたって知って。なのに昨日も今日も、それを言わなかった。そうやって、ずっと言いたいこと我慢してくれたんだよね」

明美の瞳からぽろりと涙が落ちる。

「うち、本当に瑠奈にひどいことばっかしてきたって思う。なのに、自分が仲間はずれにされたことを棚に上げて、瑠奈に八つ当たりして……瑠奈のほうがずっとつらかったのに。なのに、うちのこと、守ろうとしてくれてたんだなって……」

「明美……」

「謝りたかった。瑠奈が謝ることなんてない。うちが謝らないといけないの。それなのに、瑠奈にひどいこと言ったあとだから、謝れなくて……」

今度は明美が頭を下げる。

「ごめんね。うちが弱くて……ごめんなさい」

ふるふると肩が小刻みに揺れている。

きっと明美も、眠れない夜を過ごしたのかもしれない。

それはとても暗く、それでいて孤独だったはずで、つらかったのだろう。

ううん、と首を振る。

「私もだから」

私も弱かった。

「……でもさ、結局誤解されるほうが悪いよ」

あおいが、私を責めるような強い眼差しを向ける。

「そんなの、最初から言えばよかったことだし、最近の瑠奈ってやっぱおかしかったし、それってあたしらのこと、馬鹿にしてたんじゃないの？」

「してないよ。……ただ、友達だと思いたかった」

私の言葉に、明美とあおいの表情が曇る。

ずっと気になってた。ふたりにとって、私ってどんな存在なのか。

「だけど……私、ずっと怖かった」

「は？」

初めて、明美とあおいと真っ向からぶつかる。

自分の気持ちを伝えることは簡単なようで難しい。

「ひとりになるのが嫌だった。ふたりから、仲間はずれにされたのを受け止めたくなくて、追いかけて」

どんなことを言われても否定しない。違うと跳ね返さない。

「自分の意見なんて、言えなかった」

あの日々が私の中から消えるわけではない。ずっと残り続けていくのだろうし、ふとしたきっかけで今後思い出して、古傷に頭を抱えるかもしれない。

「……一緒にいると、自分が空気みたいになって、しんどかった」

そう、しんどかった。

何度も消えてしまいたいと思った。どうして私だけうまくいかないんだろう。どうして私だけこんな役回りなんだろう。こんなの不公平だってずっと思っていた。

けれど解決してくれる人なんて誰もいなかった。

「明美にちゃんと謝りたかったのは本当」

明美を見て、それからあおいを見る。

「今まで、私と一緒にいてくれてありがとう。これからは、もうふたりの邪魔はしないから」

今日の目的は、明美にきちんと自分の言葉で謝ること。

それから、ふたりと決別すること。

「……それって、仲直りしないってこと?」

明美の問いかけに、一瞬ためらいを覚えた。

仲がよかった思い出は消えない。どうして離れる必要があるんだろうとも思う。

でも――。

「うん、私なりに選んだ答えなの」

この選択を後悔しないようにしたい。

私は、自分の言葉に責任を持ちたい。後悔しない生き方を、していくと決めた。

教室に戻って、たくさんの視線を浴びた。少しあとから明美とあおいが教室に入ってきて、クラスメイトたちが私たちの行く末を気にしているようだったけれど、どうだってよかった。

自分の席に着く前に待田くんと視線がぶつかった。

心配そうな瞳に笑みを返すと、その目は少しだけ大きくなって、

「(おつかれ)」

そう励ましの言葉を送ってくれた。

それだけで、どれだけ心が救われたか。

待田くんにはずっと、助けてもらってばかりだ。

移動教室のときも、昼休みも、終始ひとりというのはさすがにきつかったけれど、時間の問題なんだろうなとも思った。

憶測が飛び交い、その視線に嫌気がさしたけれど、消えたいと思うことはなかった。

待田くんとは特別話すこともなく、もちろん明美とあおいとも会話をすることもない。

「奥平」

放課後、高坂先生に呼ばれて職員室に向かった。

「その、なんだ、友人関係でうまくいってないのか？」

私たちの噂が耳に入ったのだろう。先生がどこまで知っていて、どういうつもりで呼び出したのかは読み解くことはできない。

「喧嘩でもしてるのか？」

気にかけてくれているのだろう。

「話し合えばわかり合えるもんだからな。先生のときだって、友達と喧嘩しても、ちゃんとぶつかって」

「……そうでしょうか」

自分の言葉が、まだ怖い。

けれど、言わないと伝わらないことはある。他人の言葉を押し付けられて、その人生を歩いていきたくない。

「話し合えばわかり合えるって……難しいと思います。少なくとも、お互いの気持ちが拗れていくだけで解決しないこともあると思うので」

「そうか、俺が言いたいことが伝わってないかもしれないが、ときには自分が折れるってことも大事なんだよ」

それは。

その言葉の真意はきっと――。

「私だけが、我慢すればいいってことですか?」

私だけ呼び出して、私に我慢させれば、ことは大きくならないとでも思っているのだろうか。私が自分の意見を主張しないから。そういうのを見透かして、明美やあおいじゃなく、私に伝えようとする。

「……奥平。意地になるのもわかるが、やっぱり人はひとりじゃ生きていけないもんだから」

意地を張っているわけではない。わがままを言いたいわけでもない。

ただ、私の言葉を、今思っていることを、ちゃんと伝えたい。

声も、手も、震えてしまいそうになるのを、ぐっと抑えるように心を奮い立たせる。

「一緒に生きていきたいと思う人は、ちゃんといます」

他人に決められるものではない。

私には選択の自由があって、誰と親しくなろうが、他人には関係ない。

「ひとりで生きていくわけじゃないです。それから、来年は普通科を選択します」

は?と高坂先生が私を見上げた。

「……いや、お母さんから前に電話があって、奥平は商業を——」

「お母さんにも話して、進学の方向で普通科に変更したんです」

今朝、『大学で日本語専攻を学びたい』とお母さんに伝えた。今さら、日本語を学ぶなんてと言われるかもしれない。けれど、これから自分の言葉を大切にしていく上で、きちんと学んでいくという道もあるんじゃないかと思った。ただ漠然とした思いだったから、反対されるだろうかと思ったけれど、お母さんは、

『……瑠奈の人生だもんね』

そう言って、背中を押してくれた。

「心配していただきありがとうございました」

それだけ言って立ち上がる。高坂先生が一瞬、なにかを言いかけたけれど、すぐに口を閉ざしていた。廊下に出る前に「失礼しました」とだけ告げた。

高坂先生としては、仲良しグループにはいつまでも仲良しでいてもらいたいし、いざこざが起こると面倒なのだろう。

けれど、一緒にいられないと思う心は、つぶさないでほしい。

私の心を勝手に決めつけないでほしい。

私のことは、私が決める。

「あ」

廊下を歩いて、それから写真部の掲示板の前で足を止める。

いくつか写真がある中で、滝桜の写真が目に入る。

【春雪《しゅんせつ》——春になって降る雪のこと】

タイトルと、珍しく意味合いも一緒に載せられている。

桜の花びらに雪が積もっている一枚。真っ白な世界に桜の花びらの桃色が幻想的に入り交じり、冬と春が融合したような季節。今はまだ桜が咲いていないから、去年のものだろうか。名前の記載はないけれど、きっと待田くんのような気がする。

そのとき、風に吹かれ、写真がひらりと舞った。上部だけくっつけられているその写真の下にはもう一枚、隠れるようにして写真が貼られている。

「……っ」

眩しい陽光の中、しんしんと降る雪がぼやけて映る。その中に、私がいる。

あの屋上で撮影された一枚だとすぐにわかる。

笑ってるわけでも、もちろん写真を撮られることを意識していたわけでもない。

なんとも言えないその顔は、冬を終えた、新しい私だ。

十二月という真冬に、この写真で春を迎えた私。

タイトルの意味合いが、少し変わる。

【春になって降る雪のこと】

春を迎えた私に降った雪。

待田くんからのメッセージのように思えて、もしかして私の写真のほうに、その意味をつけてくれたんじゃないかと思ってしまう。

あのとき、私にとっての冬は、待田くんと見た光に満ちた夜明けで解けていった。

光の領域が広がり、徐々に闇が消えて。きらきらと粉雪が舞い、吸い込んだ冷たい空気が体の中を気持ちよく冷やしていく——。

あんなにも綺麗な朝日があることを、私は生まれて初めて知った。

確実に、あの瞬間、私は春を迎えた。


「奥平さん」

ふと名前を呼ばれて見ると、その姿に緊張感が走った。

廊下には千堂先生が立っていた。

あれから、私は千堂先生に謝れていない。

とてもひどい言葉をかけてしまったから、きちんと謝罪するべきなのに、ずっと曖昧にしてきた。今日だって書道の授業はあったのに、結局謝りに行けなかった。

さすがに怒られるだろうか。怒るために私の名前を覚えたのだろうか。

「あの、この前はすみま——」

「戻りましたね」

私の謝罪を遮るように千堂先生が言った。

「え……」

「今日提出された文字、以前の奥平さんに戻ってましたから」

そこには穏やかで、怒りとは無縁のような顔をした千堂先生がいた。

「言葉には力が宿ります。僕は見えない世界は信じませんが、言葉が持つ力は信じたいんです。やはり文字を扱うことを生業《なりわい》にしていますから」

千堂先生は、私が本来の私に戻れたことに気付いてくれている。

「あの、ひどいこと言ってすみませんでした」

「いいんです。僕も反省です。よかれと思ってしたことはあくまで僕の身勝手な善意でしかありませんから。それが必ずしも相手にとって善意とは限らない。それを見極められなかった僕が悪いんです」

千堂先生はどことなく怖くて、できればあまり近寄りたくない先生だったけど。

「これからも、あなただけの言葉を大事にしてください」

「……はい」

そんな印象が、がらりと変わっていくのは気持ちがよかった。

屋上へと向かう足取りが軽い。

扉を開ければ、まるで待ち合わせをしていたかのように待田くんがそこにいる。

「遅かったな」

冷たい空気が、待田くんの吐息を白く染め上げる。

「先生に呼ばれて」

「知ってる」

ふっとはにかんで、それからフェンスの向こうへと視線を投げる。

「まだ冬は終わらなさそうだな」

グラウンドの隅に少しばかり積もった雪が残っている。

「うん……でも、冬は終わるんだよね」

「まあな」

微笑が口角に浮かんでいて、それを見て安心する。

自分の言葉で、気負わず話せていることに自由を感じた。

「マフラーありがとう。洗濯せずにそのままだけど……」

紙袋を差し出すと、「おう」と待田くんが受け取る。どのタイミングで返そうか、
実はドキドキしていたけれど、ちょっと拍子抜けした。あのマフラーがあったから頑張れたというところもあったから。

「ひとりはつらいって思ってんのか」

マフラーを手慣れた手つきでワンループ巻きにする。やっぱり、あのマフラーは待田くんだからしっくりくる。

「つらくないかって聞かれたら、ふつうにつらい」

ははっ、と空元気な笑みが冬の空に吸い込まれていく。

「明美とあおいとはもう距離ができたし、話すこともないんだろうなって思うけど、でもちょっと意外なこともあって」

「意外なこと？」

「新しく話し相手になってくれる子ができたんだ」

『あ、奥平さん――』

それは移動教室のタイミングでのこと。廊下を歩いていたら、桜庭さんに声をかけられた。

手には、以前没収された〝みのせか〟があって、聞けば『ちょうど返してもらったところ』とうれしそうに話してくれた。

『今度ね、みのせかを好きな人同士でオフ会しようと思ってて、よかったら奥平さんもどうかな？』

『えっ、私もいいの？』

『もちろんだよ、多ければ多いほど盛り上がるもんだから』

桜庭さんが私の噂を知っているかどうかはわからない。知っていたとしたら、なにも気にせず話してくれていることがありがたいし、知らないとしたら、聞かれたときには打ち明けようかとも思う。

『みのせかのオフ会とかあったら行きたいなぁってずっと思ってたの。だから誘ってもらってうれしい』

『…………』

『桜庭さん？』

ボーッと桜庭さんが私を見ているものだから首を傾げると、

『あ、ごめんごめん。なんか前に話したときとは奥平さんの印象が変わってて』

そういえば、初めて話したときはネットの言葉に操られていた。そのことに桜庭さんは勘付いているのだろう。

『……変かな？』

『えっ、あ、ううん。そうじゃなくて、今の奥平さんのほうがもっと仲良くなれそうだなぁと思って』

『え……』

『だから仲良くしてもらえたらうれしい』

はにかむ表情が可愛らしくて、自然と頬が緩んでいく。

仲良くしたいと、言ってくれる人がいる。

そんな人と、また新しい関係を築いていきたい。

「桜庭さんって子なんだけど、好きな漫画の話で盛り上がって」

「へえ」

「だからまだつらくないかな」

「そ」

「……なんか、反応薄い？」

「別に」

どことなく膨れているように見えるのは気のせいだろうか。引っかかるものの、それ以上は踏み込めない。友達だったら突っ込めたのだろうかと考えて、じゃあ私と待田くんの関係性とはなんだろうと疑問を抱く。

ただのクラスメイト？　それよりはもう少しだけ縮まった距離なのではないかと自《うぬ》惚《ぼ》れてみたい気持ちはあるけど。

私たちの関係を言葉にするのが果てしなく遠い道のりのように思えて、切り替えようと話題を逸らした。

「滝桜ってもう桜が咲いてるの？」

「まだだろ」

「やっぱりそうだよね。じゃあ掲示板に貼ってある写真は去年のもの？」

「なんで？」

「私がいたから」

視線が、勢いよく私へと戻される。その顔には微笑の余韻も残っていない。

さすがに待田くんも驚いたようで、

「なんだ、知ってんのか」

と、口を開く。

「知ってるもなにも、言ってくれたらよかったのに」

「言わねえだろ。わざわざ写真貼られたから見てこいよって言うか？」

「うん、……待田くんのキャラじゃないね」

「うっせ」

私が春を迎えたという、待田くんからのメッセージ。きっと、わざと見つかりそうな場所に残してくれたんだろう。でも、それを訊いたとしても素直に答えてもらえない気がして、そっと胸の内にとどめた。

ふと視線を落とすと、膝の絆創膏が剥がれかけていた。これもそろそろ必要ないかも。剥がすと、待田くんに「治ったのか？」と聞かれる。

「うん、治った」

「あっそ」

素っ気ない返事に笑みが浮かぶ。そのまま絆創膏をポケットにしまった。あとで捨てようと考えながら、フェンス越しの景色を見つめる。

乗り越えられた冬があったということは、これから先、私の強い糧《かて》となる。

「待田くん、ありがとう」

私に冬を乗り越えさせてくれて。

私に春を迎えさせてくれて。

第六章

「瑠奈ちゃん、今日の夜はどう？」

「ごめん！　今日ちょっと予定あるんだ」

顔の前で手を合わせると、萌《もえ》ちゃんの目がきらりと輝きを放ち、「もしかして」と続けかけたから、急いで制止した。

「そうじゃなくて、今日は滝桜がライトアップされる日だから」

「ああ、そっちかぁ。てっきり待田くんとデートかと思った」

私が自分の言葉で喋れるようになってから四か月。

変わったことといえば、年度が変わり、学年がひとつ上がったということ。

それから桜庭さんと下の名前で呼び合うようになり、偶然なのか必然なのか、同じクラスになったこと。明美とあおいとは離れ、そしてあのふたりも別々のクラスになったらしい。関係が今も続いているのかは気にしないようにしている。

待田くんとは今年も同じクラスになった。だからといって会話が多いわけではない。

一番大きかったのは〝みのせか〟のオフ会がオンラインで定期的に開催されるということ。私にとっての居場所が増えた証《あかし》であり、元気に過ごしている。

ちょっと厄介なのは、私と待田くんを萌ちゃんがくっつけようとすること。

「待田くんとはそんな関係じゃないんだって」

「でも、待田くんが話す女の子って瑠奈ちゃんだけでしょ？」

「どうだろ」

私と待田くんの間になにがあったのか、萌ちゃんは知らない。私に起こったトラブルも、明美とあおいとのことも、萌ちゃんとの間で話題になることもない。知らないのかなとも思ったけれど、知ろうとしないでいてくれるというのが、この四か月、萌ちゃんと過ごしてわかったこと。

「オフ会、帰ってまだやってたら参加するかな」

「そっか。じゃあ適当に」

「うん、適当に」

萌ちゃんは〝適当〟という言葉をよく使う。

それは、大雑把な意味合いというよりも、ほどよく、そのときに適した行動を、というのが一番近い。それが本来の適当という言葉の意味だから正解だ。だから、来れたらおいで、来れなかったらまた今度。その関係性が今はとても心地がいい。

最近はパフェ宣伝部隊に加入したばかりで、たまにふたりでパフェを食べに行くこともある。相変わらず部員は萌ちゃんと私だけで、気楽にやっている。

去り際に萌ちゃんがスマホをポケットから出したのを見て、ふと自分のスマホに手が伸びる。すっかり存在が薄れたそれは、ほとんど誰かと連絡を取り合うためのものだけとなっていた。お母さんに新しいものを買い替えてもらうのは申し訳なかったけれど、これはこれで心機一転ができてよかった。

四月八日。春休みも終わり、二日前に始業式を迎えたばかりのこの時期は、ところどころで桜の花びらがころころと転がるように舞う。

一度帰宅すると、玄関にお母さんの靴が置かれていた。キッチンからは、スパイシーな匂いが漂っている。今夜はカレーだ。レタスとトマト、コーンとアボカドが入ったサラダに、福神漬け。食卓に並ぶ献立《こんだて》が想像できて、リビングの扉を開けた。

「おかえり」

キッチンの奥から顔をのぞかせるお母さん。

「ただいま」

「早く手、洗っておいで」

お母さんの声が奥から聞こえて、「はーい」と間延びした返事をする。

あれから、お母さんは成績のことをとやかく言わなくなった。どちらかというと、学校でうまくやれているのかということが心配みたいで、『大丈夫だよ。楽しいよ』と返すことのほうが多い。

「あ、お母さん。今日ちょっと出かけるから」

「どこに？」

「滝桜」

「ああ、さっき特集やってた」

「うん、ライトアップ今日なんだって」

一年で、たった一日だけ滝桜がライトアップされる。なんでも、滝桜が植えられた日の記念らしい。

「だから帰ってきたら食べたい」

「あら、そうなの。じゃあ温めて食べてね。お母さん今日夜勤だから」

私が変わったように、お母さんも変わった。私が提案することを最初から否定することもなくなったし、受け入れてくれるようにもなった。

でもこれは、当たり前ではない。家に帰ってきて家族がいることも、ご飯が用意されていることも、こうして会話ができることも、奇跡なんだと今なら思える。

「今日のカレーは一段と美味しそうだね」

「瑠奈への愛が詰まってるからね」

消えなくてよかった。

消えたいと願っていたあの日々。つらくて苦しくて、でも生きていたあの毎日を、私は決して忘れたりはしないだろう。忘れたくても忘れてはいけない。

あれも、私の一部だ。

淡い春の夕闇が漂い、空には無数の星が輝きを増していく。

風が柔らかく、冬とはまた違った感覚にめいっぱい息を吸い込む。肺は冷たくならなくて、けれどまだ少しだけ肌寒さが残るような季節。

滝桜へと近づくほど、人が増え、たかれるフラッシュの数が多くなっていく。この季節になると、ここはとても活気づき、待ちわびていたかのように、人々は滝桜を見上げ感嘆の吐息を漏らす。

ふと、待田くんが撮った冬の滝桜を思い出す。

雪をまとい、誰もいない日々の中、ただひたすらに春を待つその姿が印象的で、記憶に強く焼きついている。今ならもっと、ハッキリと言える。

――春を待つ一枚です。

「来てると思った」

人が溢れている場所で、聞き慣れた声が夜風を連れてやってくる。

「私も、待田くんは来てると思ったよ」

制服姿のままの待田くんと目が合い、ふたり揃って桜を見上げる。

「こうして見ると、春が来たんだなって思う」

「少し前から咲いてただろ」

咲いていることは知っていたけれど、今年の滝桜は今日を待とうと決めていた。

ライトアップされ、おめかしした滝桜を、せっかくなら今年一番に見ようと。だから今日は、新しい居場所となったオフ会があっても、こっちを優先させたかった。

人工的な光に照らされた、桃色の桜。その後ろで寡黙な月がぼんやりと浮かび上がっていた。

「今日は満月だね」

「正確には明日だけど」

「それはそうかもしれないけど……でも、満月に見えるんだよ」

「まあ、たしかにな」

自分の言葉を取り戻してから、検索したい言葉で埋め尽くされるようなことはなかった。もちろん、塗りつぶされることもない。ただ、無防備に話せることが増えた。

「滝桜って、最初にそう呼んだ人は、どんな人だったんだろう」

「なんで？」

「桜を滝だと表現するのって、綺麗だなって」

力強さも、美しさも、滝桜という名前に込められている。そしてそれは人々に広まり、語り継がれる名前となった。この桜に与えられた、綺麗な名前。

「どんな人が、どんな想いで、この桜を見上げていたのかな。この桜は、今までどんな人たちを見てきたのかな」

「樹齢が千年っていうから、数は相当だな」

「千年か……想像もできないなあ」

様々な時代を、ここでずっと見守ってきたのだろう。

時には願いを託され、時には残酷な景色を見て、それでも春に桜を咲かせることだけは欠かさず、じっと耐えた日々がこの桜には幾度となくあったのだろう。

中学の授業で見た、色のない滝桜の写真。

『冬もいいよね』

あれは、ただ冬だからってわけじゃない。

『なんか神秘的』

その神秘的なのには理由がある。

『でもなんで冬に撮ったんだろ』

冬に撮る必要があった。

『私なら綺麗な状態の春を撮るけど』

綺麗なのは、決して春だけではないから。

『なんで枯れた木なんだよ』

枯れた木なんかじゃない、これから蕾をつけて美しく咲くんだよ。

待田くんが撮ったあの一枚は、私にとって特別な写真だ。

「春を迎えられてよかった」

「ああ」

　この春を迎えるまで、待田くんとの思い出は四季折々だ。

　一番古い思い出は、小学生のとき。あたりがオレンジ色に染まった夏の公園。あのとき、私はたくさん泣いて、待田くんは怒っていた。

　次は、中学生のとき。色鮮やかな紅葉と、薄い雲が広がっていた秋の空。待田くんが見せてくれた、春を待つ一枚。あのときは誰の写真かわからなかったけれど、弱々しい私の意見で待田くんは自分を信じることができたと言ってくれた。

　それから高校生。身も心も凍えていたあの冬の日。寒くて、ひとりぼっちだと思っていた私の心を溶かしてくれたのは待田くんだ。もう二度と、あの冬に戻りたくないと思うけれど、あの冬がなければ今の私もいなかったのかもしれない。

　そして今、こうして待田くんと一緒に春を迎え、満開となった滝桜を見上げている。学校で話すことはあまりないけれど、ふたりきりになると自然と会話が生まれ、居心地のよさを感じる。

　人が、入れ替わる。綺麗、素敵、立派。そんな感想が方々から飛んできて、それを静かに聞いていると、ざわざわと桜の枝が大きく揺れた。まるでここにいる人たちを歓迎しているかのように見えて、思わず目を奪われる。

私も、春を迎えることができたよ。なんて、滝桜に心の中で話しかけてみるけれど、届いているかはわからない。

「そういえば、あの写真」

「あの写真？」

待田くんが首を傾げる。

「春雪の。あれ、次の写真に替えるときはもらえないかな？」

「二枚あるけど、どっち？」

「……どっちも」

片方は自分が写っている写真だから、欲しいというのはなんだか気が引けるけれど、自分の気持ちを大切にしようと決めたばかりだから、恥じらいは捨てた。

「うん。お守りにしたくて……ダメかな？」

これから先もいろいろな壁があって、乗り越えられないと涙を流す日々もあるかもしれない。卒業を迎えても、その先にはもっと広い世界が待っていて、簡単に打ちのめされてしまうかもしれない。そのたびに、私はあの光を思い出すだろう。

どこまでも照らし出してくれるような、凍えてしまう季節を一瞬で温めてしまうような輝きに満ちた光を。

その中にいた私のことを、決して忘れたくない。

「いいよ。やる」

「本当?」

「ん」

この春を、春として迎えられた人はどれだけいるだろう。

まだ冬に取り残されている人も、孤独を抱えている人もいるかもしれない。

上着のポケットに触れる。中にはスマホではなく、あの日、先輩に破られてしまった夜永の写真が継ぎ接ぎされてお守りのように入っている。

私にはたしかに冬があった。長くて暗い、凍えてしまいそうな冬が。

そのことを忘れないように、ずっとあの写真を持ち歩いている。

隣を見て、滝桜を背景に待田くんを見つめる。

ライトアップされた桜を、まるで目に焼きつけるように眺める待田くんには、この桜がどう映っているのだろう。真実を見つめる瞳には、私を通して見る世界よりも、もっと輝いているような気がする。

「あれは、奥平だから撮った」

ふと、桜の匂いに交じって、澄み透った声が聞こえた。

「え?」

「人なんて撮ったことなかったのに、あのときは、無意識でシャッターを切ってた」

人々は滝桜に夢中になるのに、私の意識は待田くんへと奪われてしまう。

「……どうして、人を撮ったことなかったの？」

「興味なかったから。今も正直興味ないけど」

たしかに、待田くんが人を撮った写真は見たことがない。掲示板に貼られる写真は、いつだって風景写真だった。

それなのに、私を撮ってくれた。

「貴重な一枚だから大事にしろ」

「……うん」

そこにはどんな意味があるのか、なんて聞けなくて、目の前の美しい桜とともに胸にしまう。

言いたいことは言えるようになった。けれど、まだ言葉にできない想いというものはある。それはきっと、誰しも抱えていることなのだろう。

踏み込む勇気がなくて、待田くんから意識を手放そうとするのに、妙に左側だけ熱い。それは、そこに待田くんがいるからだろうか。

「……春って、ちょっと肌寒いよね」

気になることをかき消すように言葉を重ねると、待田くんは桜を見つめたまま「うん」とうなずいた。

「でもそれって、冬を乗り越えたから残ってる余韻みたいなものかなって」

「へえ」

「暖かいだけの春より、少し寒い今の春のほうが私は好き」

ここには、人の数だけの冬と春がある。その温度は、当然違っているのだろう。

「俺は、奥平の言葉が好きだけどな」

「私の？」

「弱さの中に意志があるみたいな」

「弱いのに、意志があるの？」

「俺には奥平がそう見える」

そっか、そうなのか。よくわからないけれど、待田くんが言うならそうかもしれない。

「なあ、いい加減気付かねえの？」

「え？」

見れば待田くんがむすっとした顔で私を見ていて戸惑った。気付かなければいけないことはなんだったのだろうか。見逃してしまったようで「ごめんね」と慌てて口にする。

「はあ」と溜め息をついた待田くんは、ガシガシと後頭部をかく。

「俺、ずっと告ってるんだけど」

「……え」

雑音がぴたりとやんで、不思議と待田くんしか目に入らなくなった。

星のごとく澄んだ強い瞳が私を捉えていて、いよいよ呼吸さえ止まってしまう。

待田くんの言葉が遅れて、頭の中で再生される。

――『俺、ずっと告ってるんだけど』

「えっ⁉」

「そんな驚くか？」

「いや、……だって」

そんな素振りは一切見せてもらったことはない、と断言できる。けれど、待田くんがくれていたあの優しさが、全て好意から派生していたものだとしたら――。

「遠回しすぎて……」

「うるせー、人の告白にケチつけんな」

「それは……うん、そうなんだけど」

『あれは、奥平だから撮った』

『俺は、奥平の言葉が好きだけどな』

私の中の、自惚れフィルターが少しずつ剥がされていく。

そんなはずはないと、そこに別の意味はないのだと、どこかで思い込もうとしていた自分がいる。待田くんが私を好きになるわけないという決めつけと、傷つかないための言い訳をして、どんと構えていたつもりだったけど。

「……好きでいてくれてたの？」

「うん」

濁すことも、照れ隠しをすることもない。

待田くんが私をまっすぐに見て肯定する。

肌寒いはずが、心の底にそっと明かりが灯ったように暖かくて、冷えなんて一切気にならなくなった。

さらさらとした風が、ふっと吹くと、桜が舞った。歓声が広がって、でもそれはとても遠い場所から聞こえる。

春の宵、照らし出された輝きの中で私を好きだと言ってくれている人と見つめ合う。

「私も――」

そう口を開けば、滝桜の下で、あまりにも美しい光のような笑みを見た。

了

あとがき

自分の言葉にどれだけ責任が持てているだろうか、と考えるときがあります。

誰かを傷つけ、その人にとって忘れられない一言になってしまっていたら――言葉は誰でも扱えるものだからこそ、時として武器になってしまう。

人に投げかけられた言葉が忘れられず、苦しむことも。

人に投げてしまった言葉を後悔して、自分を追いつめることも。

決して鋭利な刃物ではないのに、受けた、または向けた言葉が傷となり、傷つき傷つけられを繰り返してしまう厄介なものである一方、誰かの言葉や行動で苦しめられていたものから解放されるといったこともあるかと思います。

その体験は、小説を始めとした数々の物語からも得られるものであり、私自身も救われることが多く、これまで忘れられない言葉と多く出会いました。

名前のつけがたい悩みを抱えている人が多いこの現代で、複雑化してしまう心の内を、そっと溶かしてくれる光があってほしい。塞ぎこんでいく心を掬いだして、光を当て、大丈夫だよ、と伝えられるような話になるにはどうしたらいいだろう。

本作の瑠奈のように、自分を信じられない人が、自分という人生を生きていけるように。くすぶっているその心に、何かきっかけのようなものがあったら。それは多くの人には届かないかもしれないけれど、届く人の心には深く強く、届いてほしい。

自分のことをもっと大切にしていいんだ、と思ってくれる人がひとりでもいてくれたら、この作品と向き合い続けた一年を私は何度も思い出しては、その光を抱きしめたくなるのだと思います。

ほかの誰でもない、あなたが生きているこの世界で、本作を通して繋がりができたことに心から感謝致します。


最後となりましたが、作品の立ち上げから刊行に至るギリギリのスケジュールまで向き合い続け、力を注いでくださった担当編集さま、刊行にあたりご尽力いただいた皆さまに深く感謝申し上げます。

そして、本作を手に取ってくださった方々に心よりお礼申し上げます。

あなたにも、光に満ちた瞬間があることを願って。

茉白いと

この物語はフィクションです。実在の人物、団体等とは一切関係がありません。

茉白いと先生へのファンレターのあて先
〒104-0031　東京都中央区京橋1-3-1　八重洲口大栄ビル7F
スターツ出版（株）書籍編集部 気付
茉白いと先生

君がくれた青空に、この声を届けたい

2023年7月28日　初版第1刷発行

著　者　　茉白いと　©Ito Mashiro 2023

発 行 人　菊地修一
デザイン　フォーマット　西村弘美
　　　　　カバー　長﨑綾（next door design）
発 行 所　スターツ出版株式会社
　　　　　〒104-0031
　　　　　東京都中央区京橋1-3-1　八重洲口大栄ビル7F
　　　　　出版マーケティンググループ　TEL 03-6202-0386
　　　　　（ご注文等に関するお問い合わせ）
　　　　　URL　https://starts-pub.jp/
印 刷 所　大日本印刷株式会社

Printed in Japan

ISBN　978-4-8137-1463-7　C0193

スターツ出版文庫　好評発売中!!

『交換ウソ日記アンソロジー～それぞれの１ページ～』

付き合って十ヶ月、ずっと交換日記を続けている希美と瀬戸山。しかし、ある日突然、瀬戸山からのノートに「しばらく会えない」と記されていて――。その理由を聞くことが出来ない希美。瀬戸山も理由を聞かない希美に対して、意地を張って本当のことを言えなくなってしまう。ギクシャクした関係を変えたいけれど、ふたりにはそれぞれ隠さなければいけないある秘密があって…。そして、ついに瀬戸山から「もう交換日記をやめよう」と告げられた希美は――。「交換ウソ日記」の世界線で描かれる嘘から始まる短編、他四編を収録。

ISBN978-4-8137-1449-1／定価726円（本体660円+税10%）

『僕らに明日が来なくても、永遠の「好き」を全部きみに』　夏木《なつき》エル・著

高３の綾は、難病にかかっていて残り少ない命であることが発覚。綾は生きる目標を失いつつも、過去の出来事が原因で大好きだったバスケをやめ、いいかげんな毎日を過ごす幼なじみの光太のことが心配だった。自分のためではなく、光太の「明日」のために生きることに希望を見出した綾は…？　大切な人のために１秒でも捧げたい――。全力でお互いを想うふたりの気持ちに誰もが共感。感動の恋愛小説が待望の文庫化！

ISBN978-4-8137-1447-7／定価781円（本体710円+税10%）

『この涙に別れを告げて、きみと明日へ』　白川《しらかわ》真琴《まこと》・著

高二の凪は事故の後遺症により、記憶が毎日リセットされる。凪はそんな自分が嫌だったが、同級生と名乗る潮はなぜかいつもそばにいてくれた。しかし、潮は「思いださなくていい記憶もある」と凪が過去を思い出すことだけには否定的で……。どうやら凪のために、何かを隠しているらしい。それなら、嫌な過去なんて思いださなくていいと諦めていた凪。しかし、毎日記憶を失う自分に優しく寄り添ってくれる潮と過ごすうちに、彼のためにも本当の過去（じぶん）を思い出して、前へ進もうとするが――。

ISBN978-4-8137-1451-4／定価682円（本体620円+税10%）

『鬼の若様と偽り政略結婚 ～幸福な身代わり花嫁～』　編乃《あみの》 肌《はだ》・著

時は、大正。花街の下働きから華族の当主の女中となった天涯孤独の少女・小春。病弱なお嬢様の身代わりに、女嫌いで鬼の血を継ぐ高良のもとへ嫁ぐことに。破談前提の政略結婚、三か月だけ花嫁のフリをすればよかったはずが「永久にお前を離さない」と求婚されて…。溺愛される日々を送る中、ふたりは些細なことで衝突し、小春は家を出て初めて会う肉親の祖父を訪ね大阪へ。小春を迎えにきた高良と無事仲直りしたと思ったら…そこで新たな試練が立ちはだかり⁉ 祝言をあげたいふたりの偽り政略結婚の行方は――？

ISBN978-4-8137-1448-4／定価660円（本体600円+税10%）

書店店頭にご希望の本がない場合は、書店にてご注文いただけます。